AF285820

Eine Katze kommt selten allein

Karin Kühr

Eine Katze kommt selten allein

Bibliografische Information der Deutschen Nationalbibliothek
Die Deutsche Nationalbibliothek verzeichnet diese Publikation in der
Deutschen Nationalbibliografie; detaillierte bibliografische Daten
sind im Internet über http://dnb.d-nb.de abrufbar.

© 2011 Karin Kühr
Satz, Umschlaggestaltung, Herstellung und Verlag: Books on
Demand GmbH, Norderstedt
ISBN 978-3-8448-7011-4

Inhalt

Napoleon

Napoleon

Erwartungsvoll und etwas befangen standen wir, d. h. mein Lebensgefährte Wolfgang und ich, vor einem beeindruckenden Landhaus in einer vornehmen Villengegend in Frechen. Auf unser Klingeln hin wurde die Türe nach angemessener Wartezeit von einer überaus gestylten, kunstbewimperten Dame mittleren Alters geöffnet. Nach einem forschenden Blick erkannte sie in uns wohl die Leute, die sich gestern bei ihr telefonisch angemeldet hatten, um sich den neuen Wurf Perserkätzchen anzusehen, und wir wurden mit einer huldvollen Geste hineingebeten. Auf dicken Teppichen durch helle, unübersehbar teuer möblierte Räume und Flure geführt, erreichten wir schließlich ein kleines Zimmer, das auf den ersten Blick den Zweck eines Gästezimmers zu erfüllen schien.

Unser Kätzchen, falls eines für uns in Frage kam und wir uns als würdig erweisen sollten, kam zweifellos aus »gutem Hause«.

Die Frau kniete sich auf eine Liege und griff mit ihrer makellos gepflegten Hand zwischen Liege und Wand, um nach kurzem Tasten ein kleines verschlafenes, cremefarbenes Wollknäuel, am Schlafittchen haltend, emporzuheben. Unsere Liebe entflammte sofort für dieses kleine puppengesichtige hilflose Wesen, und kein anderes wollten wir haben.

Nachdem wir anscheinend unsere Prüfung durch die Dame bestanden hatten und als zukünftige Besitzer akzeptiert waren, den Preis und den Abholtermin vereinbart hatten, fuhren wir überglücklich nach Hause und fieberten dem Tag entgegen, an dem unsere Zukunft zu Dritt beginnen sollte.

Nach einiger Zeit, es waren drei unglaublich lange Wochen, in welchen der kleine Kerl noch alles Mögliche von seiner Mama zu lernen hatte, zog er endlich von der feinen Villa um in die Zweizimmerwohnung eines Hochhauses im Kölner Norden. Er hat uns das hoffentlich verziehen!

Die Teppiche, falls überhaupt vorhanden, waren bei uns nur halb so dick und die Möbel entstammten teilweise der Firma, die schon damals mit dem Elch warb bzw. war Marke Eigenbau.

Halt, ein Biedermeier-Eckschrank rettete die Räumlichkeiten vor einer gewissen Tristesse und trug erheblich zum gehobenen Ambiente bei. Nun gut, in unserer Wohnung, übrigens der ersten gemeinsamen Wohnung, hatten wir zwar keine Designer-Möbel, dafür aber eine unbändige Freude auf das Leben mit unserem Kätzchen zu bieten und die Bereitschaft , auch mal über ein zerkratztes Polster großzügig hinwegzusehen.

Wir setzten unser Katerchen, das mittlerweile wunderschöne kupferfarbene Augen bekommen hatte, vorsichtig auf die Erde seines neuen Heimes und beobachteten verzückt, wie es neugierig alle Räume inspizierte, in alle Ecken kroch, alle Gegenstände beschnupperte und als interessant oder uninteressant einordnete, seine Toilette fand und zu unserem Erstaunen auch gleich benutzte und sichtlich mit allem ganz zufrieden schien.

Müde von den vielen neuen Eindrücken rollte es sich schließlich auf einem Sessel ein, um erst einmal ein Schläfchen zu halten und Energie für das Leben mit seinen neuen Menschen und die kommenden Abenteuer zu tanken. Während dessen saßen wir vor dem Sessel, bewachten mit angehaltenem Atem Katerchens Schlaf und hatten Gelegenheit, ihn ganz in Ruhe und Ausgiebigkeit zu betrachten. Er hatte, ganz typisch für einen Perser, einen gedrungenen Körper, kurze stämmige Beinchen und dicke Plüschpfötchen. Der Kopf war dick und rund und wurde von zwei dicht bepelzten, relativ kleinen runden Ohren gekrönt. Das Gesicht nahm während des Schlafens nur circa ein Drittel der Vorderansicht des Kopfes ein, wurde aber, wie wir beim Erwachen später sahen, enorm vergrößert durch die überdimensional großen, kullerrunden, kupferfarbenen, faszinierenden Augen. Das Näschen war Gott sei Dank noch nicht dem verbreiteten züchterischen Ehrgeiz zum Opfer gefallen, möglichst kurz und in Augenhöhe liegen zu müssen und hatte eine gesunde Länge, was zur Zeit bei »modebewußten Züchtern« nur ein Naserümpfen erzeugen würde. Aus den dicken Pelzbäckchen und über den Augen wuchsen schon jetzt beachtlich lange Barthaare.

Das cremefarbene Fell mit dichter Unterwolle fühlte sich himmlisch weich an, und im Gegenlicht glänzten die Spitzen wie Seide. So ein prachtvolles Tier musste einen großartigen Namen haben und wir tauften ihn N a p o l e o n.

Erziehung

Napoleon hatte sich in kurzer Zeit bestens bei uns einge-
lebt und seine Erziehungsmaßnahmen bezüglich seiner
Menschen waren recht bald von Erfolg gekrönt, denn wir
lernten schnell.

Tagsüber war er wegen unserer Berufstätigkeit alleine
und hatte auf diese Weise viel Zeit zum Schlafen und Me-
ditieren. Kamen wir schließlich abends nach Hause, wurden wir gemäß Phase 1 des Begrüßungsrituals zunächst
mit vorwurfsvoller Miene aus gebührender Distanz be-
äugt. War er der Meinung, dass seine Reserviertheit unser
schlechtes Gewissen genügend angesprochen hatte, kam
Phase 2 an die Reihe. Mit hoch erhobenem Schwanz strich
er schnurrend um unsere, d. h. meistens meine Beine und
drängte uns bzw. mich vehement in Richtung Fressnapf,
um zu zeigen, dass er kurz vor dem Hungertod stand.

In den gesamten elf Jahren seines Lebens war es uns nicht
gelungen, Napoleons Vorliebe für bestimmtes Futter zu erkunden. Die Tierfutterindustrie verfügt glücklicherweise
über ein vielseitiges Angebot der verschiedensten Gaumen-
freuden, so dass wir hier und da auch mal das Richtige
trafen, was jedoch nicht bedeutete, dass das heute gern Ge-

nossene auch morgen noch seinem Geschmack entsprach. Einzig frische rohe Leber bildete eine Ausnahme, und darauf kamen wir eher zufällig. Napoleon litt unter Verstopfung und wir, als besorgte Katzenbesitzer erfuhren von anderen besorgten Katzenbesitzern, dass rohe Leber wahre Wunder wirke. Was uns unsere wohlmeinenden Ratgeber jedoch vorenthalten hatten war die Tatsache, dass rohe Leber zum absoluten Lieblingsfressen werden kann und die Nahrungsverweigerung anderen Futters als Druckmittel gegen störrische Katzenbesitzer eingesetzt wird, bis diese entnervt beim nächsten Metzger um 100 g Leber bitten. Napoleon beherrschte dieses Druckmittel meisterhaft. Anfangs wollten wir aus Gesundheitsgründen nicht nachgeben und glaubten, dass Napoleons Hunger ihn irgendwann zur Aufgabe zwingen würde. Wer diesem Irrglauben unterliegt kennt das Durchsetzungsvermögen und die Zähigkeit von Katzen nicht. Nach drei Tagen der Abstinenz glaubten wir, an ihm die ersten Schwächeanfälle, das Herausragen von sonst nie sichtbaren Knochen, eine gewisse Glanzlosigkeit des Felles und einen lautlos anklagenden Vorwurf in seinen Augen zu bemerken. Gesundheit hin, Gesundheit her, hier musste gehandelt werden, um Schlimmeres zu verhüten. Ein eiligst besorgtes kleines Stück rohe Leber löste alle Probleme, der Kater verwandelte sich innerhalb von Minuten in ein strammes Prachtexemplar seiner Gattung und der Kampf war abrupt beendet. Allerdings blieb uns Menschen jedesmal, denn diese Kämpfe gab es des öfteren, der bittere Nachgeschmack der Niederlage und die Erkenntnis, dass nicht wir unseren Kater, sondern unser Kater uns erzog.

Zu einem weiteren heiklen Thema bezüglich der Erziehung seiner Menschen entwickelte sich seine Katzentoilette. Seit er in unser Leben getreten war, hatten wir den Kontakt zu unseren Freunden zwar nicht aufgegeben, aber doch merklich reduziert. Schließlich war der Ärmste den ganzen Tag alleine und es wäre herzlos gewesen, ihn auch noch abends warten zu lassen, während wir uns vergnügten. Hin und wieder jedoch gaben wir unserem Wunsch nach, doch mal wieder liebe Menschen zu treffen und nahmen deren Einladung an, was nicht immer Napoleons Zustimung oder zumindest Verständnis fand. So konnte es dann passieren, dass wir bei unserer Rückkehr sein großes Geschäft fein säuberlich aufgetürmt neben der Katzentoilette fanden. Zunächst nahmen wir an, dass eventuell das Streu bezüglich der Sauberkeit nicht mehr seinen Ansprüchen gerecht war. Katzen sind ja, wie allgemein bekannt, äußerst reinliche Tiere. Einen weiteren Grund fanden wir in der Möglichkeit, dass der arme Kerl den weiten Weg durch die Wohnung bis zur Toilette nicht mehr rechtzeitig geschafft haben könnte. Wie wir aber bald herausfanden, stand sein Verhalten mit unserem abendlichen Ausgang im Zusammenhang und bedeutete P r o t e s t !

Da wir nicht vorhatten, unser weiteres Leben als Eremiten zu verbringen, nahmen wir kurzer Hand unseren Napoleon zu allen anfallenden Aktivitäten mit, was erstaunlicherweise auch ganz gut funktionierte. Mit einer Leine versehen und einigen Stunden Trockenübungen im Leinengehen erschienen wir ab jetzt bei Freunden immer zu dritt.

Napoleon lernte gähnend langweilige Stehparties mit small talk, feinen Häppchen und Champagner kennen. Oder er verfolgte, wenn er nicht einschlief, auf einer alten seidenbezogenen Biedermeiercouch interessante Diskussionen in illustrer Gesellschaft. Dazu muss gesagt werden, dass wir, als er auf diese kostbare Couch sprang, in Gedanken schon an die immense Rechnung für den edlen, aber eben durch seine Krallen ramponierten Seidenbezug, dachten. Der Besitzer des Sofas ahnte weder die Gefahr für sein Möbelstück noch unsere aufkommende Panik und rief völlig verzückt: »Ist das nicht wunderbar? Dieses Tier weiß genau, was ihm steht!« Napoleon war Gott sei Dank so anständig, ließ seine Krallen stecken und genoss die allseitige Bewunderung. Oder kam da etwa seine vornehme Herkunft durch?

Napoleon lernte auch ganz profane Kneipen kennen, aber er fühlte sich dort nicht besonders wohl wegen des Geräuschpegels und der Hunde, die geduldig neben ihren Herrchen ausharrten, bis diese ihren Durst gelöscht und die neuesten Nachrichten über Sport, Politik und Riesenrettiche im Schrebergarten ausreichend erörtert hatten.

Auch der alljährliche Weinmarkt auf dem Neumarkt im Herzen Kölns blieb unserem Kater nicht fremd. Unter die Bank gekauert, auf der seine Menschen saßen und dem Rebensaft genüsslich zusprachen, wartete er geduldig, bis wir beschwipst und kichernd den Heimweg antraten. Sicher fand er unser Verhalten höchst albern.

Die Tatsache, dass wir, seit Napoleon überall dabei war, keinen Protest mehr in Form von dicken Geschäften neben der Katzentoilette vorfanden, überzeugte uns damals von der Richtigkeit unseres Handelns. Heute sehen wir allerdings vieles anders. Die Katzenpsyche begannen wir erst bei unseren nachfolgenden Katzen allmählich zu verstehen und begriffen, dass wir unserem Napoleon doch sehr viel zugemutet hatten. Dank seines unerschütterlichen Wesens verkraftete er so ziemlich alles ohne bleibende Schäden. Bis auf Kinder! Diese kleinen pausbäckigen, tapsigen Menschlein wurden von ihm ausnahmslos als hinterlistige Ungeheuer eingestuft, denen man ohne Zögern und fluchtartig aus dem Wege zu gehen hatte, wollte man nicht bereits gemachte schlechte Erfahrungen wiederholen. Und das kam so. Napoleon war ca. vier Jahre alt, als er uns mal wieder zu Freunden begleitete, die zum Abendessen geladen hatten. Christopher, der ebenfalls vierjährige Filius unserer Gastgeber zeigte reges Interesse an unserem Kater und wurde von uns einer erzieherischen Kurzmaßnahme bezüglich des Umgangs mit Tieren im Allgemeinen und Katzen im Besonderen unterzogen. Er streichelte und herzte den Kater und im Glauben, den Weg für eine Freundschaft zwischen den beiden geebnet zu haben, wandten wir uns anderen Dingen zu. Nach einiger Zeit riss uns ein tiefes grollendes Geräusch aus unserem angeregten Gespräch und wir erfassten blitzartig, dass sich Napoleon in Gefahr befinden musste. Christopher hatte ihn in das unterste Fach eines Bücherregals gedrängt, zog ihn am Schwanz und an den Barthaaren, kniff ihn in die Ohren und machte seinerseits neue Erfahrungen, die Napoleon jedoch als äußerst bedrohlich empfand. Wir eilten unserem wehrlos eingekesselten und in seiner Panik knurrenden Kater umgehend zu Hilfe, retteten ihn aus seiner misslichen Lage und redeten beruhigend auf ihn ein. Trotzdem blieb er, der so gerne vor sich hin döste, während seine sich unterhaltenden Menschen einen für ihn angenehmen Geräuschpegel bildeten, den ganzen Abend hellwach auf der Hut und ließ das Kind nicht mehr aus den Augen, geschweige denn in seine Nähe. Für sein restliches Leben hatte sich ihm unauslöschlich eingeprägt, dass mit kleinen Menschen gewisse Unannehmlichkeiten verbunden und sie deshalb unbedingt zu meiden sind.

Urlaubspension »Gundel und Wolfgang«

Unser Napoleon war noch im Kleinkatzenalter, als uns das Fernweh für vier Wochen nach Griechenland rief.

Glücklicherweise hatten wir tierliebe bzw. besonders katzenliebe Freunde (die haben wir übrigens trotz Napoleons Eskapaden immer noch), die den Kater gerne bei sich aufnahmen, so dass wir sorglos unseren Urlaub antreten und genießen konnten.

Die Rückkehr aus erlebnisreichen Ferien und die Aussicht auf den folgenden tristen Alltag ließen in früheren Jahren immer eine bedrückte Stimmung aufkommen. Dieses Mal war alles anders. Beflügelt von der Freude auf das Wiedersehen mit unserer Samtpfote wurde die Heimreise geradezu fröhlich. Aber, würde er uns wohl noch erkennen?

Napoleon war in den vier Wochen ein wenig gewachsen, aber er war noch schöner, als wir ihn in Erinnerung hatten. Seine Begrüßung fiel jedoch enttäuschenderweise ziemlich distanziert aus. Wir machten jedoch später in ähnlichen Situationen mit Napoleon und auch fast allen nachfolgenden Katzen die Erfahrung, dass dieses Verhalten völlig normal ist. Kaum eine Katze würde unumwunden zugeben, dass sie sich über die Rückkehr ihres Menschen freut, denn schließlich hat dieser sie mutwillig alleine gelassen und muss dafür zunächst mit Nichtbeachtung bestraft werden. Nach je nach Tier individuell unterschiedlich angemessener Grollzeit wird Vergebung gewährt, um dann endlich verzückt schnurrend die lang vermissten Streicheleinheiten seines Menschen entgegen zu nehmen.

Unsere Freunde erzählten begeistert von der schönen und lustigen Zeit mit Napoleon, aber in ihre Begeisterung mischte sich unverhohlen ein gewisser Ausdruck der Erleichterung über unsere Rückkehr, und uns beschlich das unbestimmte Gefühl, dass irgend etwas in den vier Wochen die Freude des Katzensittens gedämpft haben musste.

Gundel, unsere Freundin, ließ dann auch die Katze aus dem Sack. Sehr vorsichtig und schonend brachte sie uns bei, dass in der nächsten Zeit unsere Nachtruhe wahrscheinlich gegen 4.00 Uhr morgens beendet sein würde, weil Napoleon sich in seiner Ferienpension dazu entschlossen hatte, diese Zeit als ideale Spielzeit zu nutzen. Gundel war verständlicherweise in den ersten Tagen auf sein nächtliches Klagen eingegangen und hatte mit ihm gespielt, um zu verhindern, dass Wolfgang, ihr Mann, nicht auch noch aus dem Schlaf gerissen wurde. Die Zusammenhänge hatte der Kater ziemlich schnell begriffen und nutzte die Situation in den kommenden vier Wochen schamlos aus. Mit der Versicherung, dass sie trotzdem eine schöne Zeit mit Napoleon hatten und einem erleichterten Aufatmen bei der Aussicht auf kommende störungsfreie Nächte, übergaben sie uns den kleinen Kerl und wir brachten ihn glücklich nach Hause. Seine neu erworbene Unart des nächtlichen Spielens konnten wir ihm aber mit etwas Geduld und Konsequenz überraschend schnell wieder abgewöhnen.

Erster Gemeinsamer Urlaub

In den folgenden Jahren ging Napoleon mit auf Reisen. Den ersten gemeinsamen Urlaub verbrachten wir in einem wunderschönen Ferienhaus in einsamer Waldlage in Österreich. Die Fahrt war problemlos und für Napoleon natürlich recht aufregend. Als er merkte, dass die Insassen der uns überholenden Autos begeistert herüberschauten, wenn sie seiner ansichtig wurden, beschloss er, auf der Hutablage Platz zu nehmen, um sich eine höchst mögliche Beachtung zu verschaffen. Er war eben eitel und sich seiner imposanten Erscheinung und Schönheit durchaus bewusst. Außerdem war zur damaligen Zeit eine reisende Katze noch eher eine Seltenheit.

Nach unserer Ankunft wurde das Ferienhaus zunächst gründlichst untersucht und ein leeres Regalfach in etwa 1,50 Meter Höhe als Lieblingsplatz reserviert, denn von hier aus hatte er einen wunderbaren Überblick über das Wohnzimmer, die Küche und das Panoramafenster zur Terrasse.

Unbeschreiblich war jener Augenblick, da Napoleon erkannte, dass dieses Fenster kein Wandschmuck war, wie z. B. ein Bild, sondern dass sich hinter dem zu öffnenden Glas eine für ihn noch unbekannte und sehr spannende Welt auftat. Diese Welt bestand aus fröhlich flatternden bunten Faltern, zwitschernden und sich in Bäumen wiegenden Vögeln, aus zitternden Gräsern, duftenden Blumen, Wind, der alles in Bewegung brachte, fleißigen Ameisen, summenden Bienen und dicken pelzigen Hummeln und tausend fremden, aufregenden Gerüchen. Unser Kater saß zunächst überwältigt von den vielen neuen Eindrücken auf der Terrasse, blinzelte in die Sonne, nahm erstaunt und unermüdlich das fremdartige Zirpen, Zwitschern, Summen, Säuseln und Knistern auf und hielt seine Nase sehr konzentriert in alle Richtungen, um alle Düfte aufzusaugen. Nachdem sich seine erste Aufregung gelegt hatte, begann er neugierig, aber äußerst vorsichtig, seine neue Umgebung genauer zu untersuchen. Er traute sich nach langer Überlegung auf die üppige Wiese, dann unter Sträucher und Bäume, und wir hatten den Eindruck, dass er sich vorgenommen hatte, jede einzelne Blüte, jedes einzelne Blatt, jeden Schmetterling, jede Libelle, Biene, Fliege, Mücke, Ameise minutiös zu betrachten, zu beriechen und erst schüchtern, dann beherzt, mit den Pfötchen zu betasten. Für uns war das Beobachten unseres Katers spannender als jeder Fernsehfilm und aufschlussreicher als jedes Sachbuch über Katzen.

Leider währte diese wunderbare und abenteuerliche Zeit nur zwei Wochen und keiner von uns dreien kehrte gerne zurück in die enge Zweizimmerwohnung ohne Garten. Napoleon zeigte uns auf sehr direkte Weise seine Unzufriedenheit, indem er sich angewöhnte, uns, sobald wir ahnungslos um einen Türpfosten bogen, aggressiv anzuspringen, seine Krallen in ein Hosenbein zu haken und am Bein hängen zu bleiben, bis ihn die Kräfte verließen. Gott sei Dank trugen wir mit Vorliebe Jeans und wurden durch den recht groben und widerstandsfähigen Stoff vor größeren Verletzungen bewahrt. Dieses Verhalten legte Napoleon übrigens nach jedem zukünftigen Urlaub mit Garten, in dem er große Bewegungsfreiheit genossen hatte, an den Tag, wobei sich jedoch die Intensität der Attacken einige Zeit nach unserer Rückkehr wieder erheblich abschwächte.

Selbständige Ausflüge

Die Erkenntnis, dass es draußen noch eine andere Welt
gab hatte Napoleon mutiger werden lassen, und so ergab
es sich, dass wir ihn eines Tages in der Wohnung nicht
mehr fanden. Zunächst dachten wir an eine seiner Vergel-
tungsmassnahmen, als er uns nach einem Sonntagsbum-
mel nicht wie gewohnt an der Türe empfing. Aber als alles
Rufen und Locken ungehört blieb und selbst das verführe-
rische Klappern des Fressgeschirrs, ein sonst unwidersteh-
liches Geräusch, erfolglos blieb, machten wir uns ernsthaft
besorgt auf die Suche. Wir stellten die gesamte Wohnung
auf den Kopf, fanden einen längst verschollen geglaubten
Schuh wieder, stellten fest, dass ein bisher unauffindbares
Kochbuch doch nicht verliehen worden war, bemerkten,
wieviel Krimskrams sich doch so ansammelt und dass wir
unbedingt in naher Zukunft mal entrümpeln müssten ...
aber Napoleon blieb verschwunden. Ziemlich irritiert gaben wir die Suche auf und Ratlosigkeit machte sich breit,
als es klingelte. Vor der Türe stand unsere Nachbarin und
stammelte verängstigt etwas von einem großen Pelztier auf
ihrem Balkon. Ahnungsvoll folgten wir ihr in ihre Wohnung und fanden doch tatsächlich auf ihrem Balkon, der
direkt an unseren grenzte und nur durch eine dünne Wand
von diesem getrennt war, unseren höchst zufrieden schnurrenden Kater, der es sich auf einem Stuhl gemütlich ge-

macht hatte und die ganze Aufregung ziemlich übertrieben fand. Froh, ihn wieder gefunden zu haben, entschuldigten wir uns bei unserer Nachbarin und trugen ihn selig nach Hause. Die Art und Weise, wie er auf den nachbarlichen Balkon gekommen war, blieb uns jedoch zunächst unerklärlich, denn immerhin wohnten wir auf der ersten Etage. Zufällig ertappten wir Napoleon am nächsten Tag, wie er sich anschickte, uns abermals in Richtung Nachbarin zu verlassen.

Er, der sich sonst eigentlich mehr durch Schwerfälligkeit auszeichnete und sportlich eher ungeübt war, sprang leichtfüßig auf die Balkonbrüstung, wand sich erstaunlich elastisch um die Trennwand herum, setzte eine Vorderpfote sicher auf die nachbarliche Balkonbrüstung und schwang den Rest seines massigen Körpers fast elegant hinüber. Das war also die Lösung!

Unsere Nachbarin, die nun wusste, dass es sich um eine Katze und nicht um ein Ungeheuer handelte, war so nett, uns jedesmal Napoleons Aufenthalt bei ihr zu melden. Obwohl wir abenteuerliche Hürden bauten aus Backblechen, die mit Schrubber- und Besenstielen verkeilt wurden, fand Napoleon unbeirrt eine Möglichkeit, sich unserem Wohnbereich zu entziehen. Daher musste er in Kauf nehmen, dass die Balkontüre verschlossen wurde, sobald wir die Wohnung verließen, denn die Gefahr eines Absturzes während unserer Abwesenheit konnte, trotz seiner mittlerweile profihaft entwickelten Routine, nicht ausgeschlossen werden.

Weitere Urlaubsreisen

Napoleon war mittlerweile zu einem weitgereisten und ziemlich welterfahrenen Kater herangereift und begleitete uns zu allen mit dem Auto erreichbaren Ferienzielen. Er lernte verschiedene Regionen in Holland und deren Ferienhäuser, natürlich mit Garten, kennen und lieben. Wir zeigten ihm die Nordsee bei Horumersiel, die wir ihm als große Badewanne vorstellten und die er, wahrscheinlich wegen ihrer Größe, absolut nicht mochte.

Wir besuchten Verwandte im schönen Bayern, die ebenfalls einen herrlichen Garten zu bieten hatten, jedoch mit der enormen Einschränkung, dass ein sehr selbstbewusster Dackel namens Rocky diesen bevölkerte. Rocky war so verdutzt über das Eindringen des Fremdlings, dass er, außer Napoleon nicht aus den Augen zu lassen, nichts gegen ihn unternahm. Selbst das Bellen versagte ihm. Da er aber in der Nachbarschaft hin und wieder mit Katzen zu tun hatte, diese Wesen ihm also nicht völlig fremd waren, fasste er sich schnell wieder und benahm sich Napoleon gegenüber fast gastfreundlich.

Napoleon, der sich nicht erinnern konnte, je einen Hund aus nächster Nähe erlebt zu haben, ließ den »Erbfeind« nach kurzer Eingewöhnung an sich schnüffeln und besah ihn relativ freundlich, soweit man das nach dem typischen meist mürrischen Gesichtsausdruck einer Perserkatze beurteilen kann.

Die weiteste gemeinsame Reise führte uns nach Südfrankreich in die Gegend von Perpignan. Hier durften wir ein Haus mit Garten von Freunden bewohnen und verbrachten mehrere wunderschöne Urlaube mit Napoleon. Die Erinnerung an die ca. elfstündige Autoreise lösen bei uns noch heute im Nachhinein ein schlechtes Gewissen und heftiges Mitleid mit unserem Kater aus. Geduldig aber unglücklich ließ er sich in Frankreichs Süden, die Temperaturen näherten sich der 40°-Marke, in feuchte Tücher packen, um die Hitze schadlos zu überstehen. Nur das kleine leidvoll dreinblickende Gesichtchen lugte hervor und die rosarote Zunge hing ihm beim Hecheln aus dem Mäulchen. Weder der endlose Autostau noch die drückende Hitze wollten nachlassen, und wir sahen neidisch zum Mercedes-Benz hinüber, der seit geraumer Zeit unser Staunachbar war und dessen Insassen offensichtlich dank einer Klimaanlage einen sehr frischen Eindruck machten.

Auf einer dieser Fahrten waren wir gezwungen, eine kurze Nachtruhe auf einem sehr belebten Rastplatz einzulegen. Wir wollten Napoleon eine Freude machen und setzten ihn mit einer Leine versehen einige Meter vom Auto entfernt auf eine Wiese. Das löste bei ihm jedoch eine unerwartete Panik aus und er rannte in geduckter Haltung zum Wagen zurück, um sich hinter dem Beifahrersitz zu verstecken. Das Auto war in den vielen Stunden der Reise zu seiner Heimat geworden bzw. bot ihm zumindest eine gewisse Sicherheit. Um die Nacht einigermaßen komfortabel verbringen zu können, bauten wir Napoleon aus Decken ein

Bett auf der Hutablage, und für uns klappten wir die Sitze so weit nach hinten, um uns so halb sitzend, halb liegend, zu entspannen. Wir waren gerade so weit eingenickt, dass uns die klappenden Autotüren, die lachenden Menschen, weinenden Kinder, bellenden Hunde nur noch wie durch eine Wattewand erreichten, als uns ein herzzerreißendes Miiaauuuu wieder in die Wirklichkeit zurückwarf. Unser Kater meldete Bedürfnisse an, die es nun ausfindig zu machen galt. Futter wollte er nicht, Wasser war auch nicht gefragt, Streicheleinheiten erzeugten ein noch kläglicheres Maunzen. Ach herje, wir hatten vergessen, dass er seine Katzentoilette lange nicht mehr benutzt hatte. Dummerweise war diese beim Umbau des Autos in ein Schlafzimmer tief unter dem umgeklappten Fahrersitz verschwunden und sowohl für Napoleon als auch für uns unerreichbar. Also stiegen wir wieder aus, wobei wir fast einen jungen Mann umstießen, der stehend ans Nachbarauto gelehnt schlief, da in diesem bereits vier Personen schnarchten und jeder der Gruppe aus Platzmangel wohl eine Zeit draußen verbringen musste. Nachdem wir möglichst leise gewisse Umbauten in unserem Auto vorgenommen hatten, suchte Napoleon ohne Umwege seine freigelegte Toilette auf, und wir waren ihm sehr dankbar, dass er so lange eingehalten und nicht einfach in die Polster gepinkelt hatte.

Endlich am Ziel setzten wir Napoleon ins Wohnzimmer unseres Feriendomizils und forderten ihn auf, sein Reich für die nächsten zwei Wochen zu erkunden. Wir waren zu sehr mit dem Auspacken der Koffer und Taschen beschäftigt, um zu bemerken, dass unser Kater inzwischen eine offene Galerie erklommen hatte und von dort auf den Kaminsims gesprungen war, um sich dort zwischen tönernen, gefährlich antik aussehenden Figuren einzureihen und selbst deren edle Haltung zu kopieren, indem er die Pfötchen geziert nebeneinander setzte und den Schwanz elegant um sich drapierte.

Uns fuhr ein eisiger Schreck in die Glieder, aber wir durften jetzt auf gar keinen Fall hektisch reagieren, sonst hätten wir unter Umständen nur noch Scherben aufsammeln können. In der Hoffnung, dass Napoleon ruhig sitzen bleiben möge, säuselten wir ihm aus der Entfernung angenehme Nettigkeiten ins Ohr und bewegten uns gleichzeitig im Zeitlupentempo auf ihn zu. Vorsichtig griff sich jeder von uns so viele Figuren wie er fassen konnte und rettete diese mit einem erleichterten Aufatmen in einen verschließbaren Schrank. Zur Vorsicht rückten wir auch noch diverse Kaffeekannen, die die Hausbesitzerin liebevoll zu einer recht umfangreichen Sammlung zusammengetragen und in Regalfächern ausgestellt hatte, aus Napoleons voraussichtlichem Wirkungsbereich. Nachdem wir uns vergewissert hatten, dass das Haus nun katzentauglich war konnte der Urlaub beginnen.

Napoleon genoss den herrlichen Garten und traute sich, natürlich unter unserer Aufsicht, täglich weiter in die Wildnis des Weinfeldes hinein, das sich an das Gartengrundstück anschloss und durch keinerlei Zaun oder sonstige Barriere den Kater in seiner Neugierde behinderte. Besonders bei leichter Dämmerung übte das Weinfeld eine große Anziehungskraft auf ihn aus. So kam es, dass wir, im Gespräch vertieft, nicht rechtzeitig bemerkten, dass die Dämmerung allmählich in Dunkelheit übergegangen war und wir nur noch schemenhaft einen hellen Fleck ins Weinfeld gleiten sahen. Wir stürzten gleichzeitig hinter diesem Fleck her, der, immer wenn wir zupacken wollten, einen Meter weiter huschte. Während wir große Sorgen um unseren Kater ausstanden, hatte er anscheinend diebisches Vergnügen an diesem Spiel. Ich meine sogar, ein schadenfrohes Kichern gehört zu haben. Nach mehreren erfolglosen Versuchen, während derer wir uns irrtümlich auf manchen hellen Erdfleck oder auch größeren Stein warfen, was für Napoleon sicher sehr komisch aussehen musste, konnten wir unseren Kater schließlich doch noch einfangen. Vielleicht ließ er sich auch gewollt einfangen, weil ihn das Spiel irgendwann langweilte oder er Mitleid mit uns hatte.

Während einem dieser Urlaube freundete Napoleon sich mit dem Nachbarkater Negus an, der im Gegensatz zu ihm den großen Vorteil genoss, frei und unkontrolliert von seinen Menschen sein Revier durchstreifen zu dürfen. Zu diesem Revier schien unser Garten zu gehören, und so stand er eines Tages neugierig und mit bebenden Nasenflügeln den fremden Geruch aufnehmend vor unserer Terrasse. Napoleon kam nichtsahnend durch die Türe und blieb wie angewurzelt stehen, als er Negus entdeckte. Da stand ein stattlicher pechschwarzer Kater mit gesund glänzendem Fell und ließ Napoleon keine Sekunde aus seinen großen grünen Augen. Beide fixierten sich eingehend, bis jede Partei sich anscheinend zu der Meinung entschlossen hatte, dass hier keine ernsthafte Gefahr drohte, sondern es sich im Gegenteil eventuell lohnen konnte, eine nähere Bekanntschaft in Erwägung zu ziehen. Sehr, sehr, sehr langsam gingen sie aufeinander zu, sich gegenseitig genau beobachtend, aber dennoch ab und zu mit den Augen blinzelnd, was dem jeweils anderen Tier signalisierte, dass keine kämpferischen Absichten zu befürchten waren. Sie kamen sich schließlich so nahe, dass sich ihre Nasen berührten und man sich als stiller Beobachter des Eindruckes nicht verschließen konnte, dass die beiden sich sympatisch waren. Ab diesem Tag kam Negus täglich. Napoleon lud ihn ein, aus seinem Napf zu fressen, sich auf seiner Terrasse zu sonnen und so lange zu bleiben, bis er sich wichtiger Geschäfte, wie z. B. dem Mäusefang, erinnerte und sich trollte.

Von Mäusen hielt Napoleon nichts, aber unsere Frankreichaufenthalte hatten insofern kulinarischen Einfluss auf ihn als dass er Oliven kennenlernte und diese ab jetzt als besondere Delikatesse zu seinen Lieblingsspeisen »für den kleinen Hunger zwischendurch« zählte. Hatte er genug davon genossen, dann dienten sie ihm als hervorragendes Spielzeug. Man konnte sie in die Luft werfen und wieder auffangen. Gab man ihnen einen Schubs, kullerten sie eilig davon und man musste flink hinterher jagen, um sie mit einer Pfote platt zu drücken. Außerdem konnte man sich herrlich auf ihnen wälzen. Unser Kater lebte wirklich »wie Gott in Frankreich«.

Carlos, ein kurzes Intermezzo

Seit der Freundschaft zwischen Napoleon und Negus waren wir davon überzeugt, dass Napoleon auch in Köln nicht mehr alleine sein sollte und suchten nach einem Spielkameraden für ihn. Auf einer Katzenausstellung verliebten wir uns in ein junges Siamkaterchen mit pechschwarzem Gesicht und wundervollen tiefblauen Augen. So zog Kater Carlos bei uns ein und wurde aber zu unserem Kummer von Napoleon heftigst abgelehnt.

Wir waren wie vor den Kopf gestoßen, denn uns schwebte noch das friedliche Miteinander zwischen Napoleon und Negus vor. Alte Katzenkenner unter unseren Freunden beruhigten uns mit der Erklärung, dass so etwas immer etwa ein bis zwei Wochen dauert. Napoleon musste schließlich sein Revier plötzlich mit jemanden teilen. Also warteten wir ab. Napoleons Attacken gegen den Kleinen wurden jedoch von Tag zu Tag aggressiver. Er schlug nach ihm, vertrieb ihn vom Fressnapf, fauchte heftig beim geringsten Annäherungsversuch und griff ihn auf der Katzentoilette so hinterhältig an, dass Carlos sich ab sofort nicht mehr auf die Toilette wagte und unsauber wurde. Der Versuch, Napoleons vermeintlich einsames Leben durch einen Freund zu bereichern, wurde zu einem totalen Misserfolg. Schweren Herzens mussten wir für Carlos, den wir mittlerweile sehr lieb gewonnen hatten, ein neues Heim finden.

Eine Bekannte, die gerade mit dem Gedanken spielte, sich ein Kätzchen zu kaufen, nahm ihn Gott sei Dank gerne auf und war vom ersten Tag an überglücklich mit ihm. Von Unsauberkeit war keine Rede mehr, und wir waren sehr erleichtert, dass Carlos diese unglückselige Zeit mit Napoleon ohne bleibenden Seelenschaden überstanden hatte.

Umzug

Nach mehreren Jahren in unserer Zweizimmerwohnung eines Fünfzigparteienhauses meldete sich bei uns der Wunsch nach einer individuellen Behausung. Uns schwebte ein Altbau mit hohen Räumen vor. Nach langer Suche und vielen ergebnislosen Besichtigungen fanden wir ein vielversprechendes Inserat im Immobilienteil des Kölner Stadt-Anzeigers, dessen Inserent unter Chiffre zu erreichen war. Wegen der in Köln notorisch herrschenden Wohnungsnot, speziell bezüglich bezahlbarer Räumlichkeiten, schrieben wir ohne große Hoffnung einen Brief folgenden Inhalts: »Kleinfamilie (mit Kater) sucht dringend ein gemütliches zu Hause und wäre glücklich, wenn die Suche bald ein Ende hätte. Wir Menschen sind berufstätig und unser Kater ist ruhig und sauber und hütet in unserer Abwesenheit die Wohnung«.

Nach Tagen bangen Wartens kam tatsächlich eine Aufforderung, uns persönlich beim Vermieter vorzustellen, und wir bekamen unverzüglich den Mietvertrag. Wie uns der Vermieter, der später ein guter Freund werden sollte, versicherte, hatte ihn die Art unseres Briefes und vor allen Dingen das Vorhandensein unseres Katers für uns eingenommen. Danke Napoleon!

Der große Tag des Umzuges nahte und das Chaos vergrößerte sich täglich. Es wurde eingepackt und wieder ausgepackt, weil man sich von manchem Ballast doch besser trennen wollte. Dinge wurden gerollt und gefaltet, in Kartons verstaut, beschriftet und gestapelt. Es entstanden schmale Gänge zwischen den Kisten, Kartons, Taschen, Tüten und Koffern, die uns als Trampelpfad in all dem Durcheinander dienten. Für Napoleon und uns wurde jeweils ein Notkoffer gepackt, der alles beinhaltete, was man täglich zum Überleben braucht und was sonst zweifellos in diesem Tohuwabohu unauffindbar untergegangen wäre. Den eigentlichen Umzug wollten wir Napoleon ersparen, und so zog er eines abends für voraussichtlich einige Tage zu lieben Freunden, die sich schon sehr auf ihn freuten. Am nächsten Vormittag, die Schlepperei war gerade in vollem Gange, standen besagte Freunde übernächtigt und von dunklen Augenringen entstellt, mit Napoleon im Schlepptau vor unserer Wohnungtüre. Sie gaben ihn, auf den sie sich doch so gefreut hatten, mit der Bitte zurück, sie nie mehr in die nähere Auswahl als Katzensitter zu ziehen. Napoleon hatte die ganze Nacht geweint und geschrieen und war weder durch Leckerchen, noch durch Spielen, Schmusen oder Streicheln zu beruhigen. Unsere Freunde taten uns wirklich leid, aber insgeheim fassten wir Napoleons Verhalten als Kompliment an uns auf, denn kaum war er bei uns war seine Welt wieder in Ordnung. Er akzeptierte erstaunlicherweise die neue Wohnung sofort und fand das Durcheinander wunderbar. Er wühlte begeistert im achtlos liegengelassenen Zeitungspapier, aus dem wir Geschirr gewickelt hatten. Er thronte des besseren Überblicks wegen mal auf Stühlen, Tischen, Kommoden oder dem Kühlschrank und freute sich über jeden Gegenstand, den er wiedererkannte und dem trotz neuer Umgebung noch immer der vertraute Geruch anhaftete.

Unsere Wohnung blieb noch relativ lange in chaotischem Zustand, da wir nach und nach Trennwände einzogen, Mauerdurchbrüche schlossen bzw. an anderer Stelle wieder neu erstellten, eine Heizung einbauten, ein Bad einrichteten und Fliesen klebten, Parkett verlegten, tapezierten und anstrichen. Irgendwann war alles überstanden, Ruhe und Harmonie zogen ein und Napoleon wurde Chef einer gemütlichen Altbauwohnung, wie wir sie uns immer erträumt hatten.

Ausrutscher

Mit den Jahren wurde unser Heim durch verschiedene Teppiche, hübsche Möbel, Bilder und allerlei nichtsnutzigen, aber liebenswerten Krimskrams vervollständigt. Schließlich fehlte uns noch ein Esstisch, an dem möglichst viele unserer Freunde zu einer diskutierfreudigen Runde versammelt werden konnten. In einem teuren Antiquitätenladen fanden wir ihn, 1790, englisch, Mahagoni hochglanzpoliert und nahezu unbezahlbar. Alle Tische sämtlicher bereits durchstöberter Geschäfte im gesamten Kölner Raum verblassten gegen dieses Prunkstück, das für unsere finanziellen Möglichkeiten viel zu teuer und außerdem zu empfindlich war. Obwohl von der Vernunft her gänzlich untragbar, stand eine Woche später dieses makellose Juwel in unserem Wohnzimmer, und wir umrundeten es ehrfürchtig, ohne tatsächlich begreifen zu können, dass wir es unser Eigentum nennen durften. Mein Gott, waren wir stolz und glücklich! In einem unbeobachteten Augenblick wollte nun Napoleon diese Neuanschaffung genauer besehen und beriechen und sprang zu diesem Zweck auf die tadellos polierte Tischplatte. In diesem Moment betraten wir ahnungslos das Zimmer und reagierten total hysterisch. In unserem Schreck stürzten wir von zwei Seiten auf Napoleon, um den Tisch zu retten. Napoleon seinerseits nahm Anlauf, um sich vor seinen Menschen zu retten. Da die Tischplatte jedoch spiegelglatt war, kam er nicht voran und versuchte mit Hilfe seiner ausgefahrenen Krallen Halt zu finden. Kurzum, Napoleon schwebte für kurze Zeit in Lebensgefahr und ich war sehr erleichtert, dass er geistesgegenwärtig unseren Zorn erkannte und sich vor einer Lynchjustiz an einen Ort flüchtete, der sich unserer Kenntnis entzog.

Diese ersten Kratzspuren im bis heute teuersten Möbelstück unseres Heimes verwandelte den Tisch augenblicklich vom Ausstellungsstück zum Gebrauchsgegenstand, und das war gut so. Vielleicht hätten wir ihn sonst bis heute nur geschont.

Diese Begebenheit war die erste und letzte in seinem gesamten Leben, in der wir Napoleon herzlichst verwünschten, und im Nachhinein schämten wir uns für unsere total überzogene Reaktion, denn was war schon eine Tisch gegen ein lebendiges Fellknäuel.

Abschied von Napoleon

Mit den Jahren wurde unser Kater sehr ruhig und gemütlich und ging seiner Lieblingsbeschäftigung, dem Schlafen, sehr intensiv nach. Dieses geruhsame Leben wurde nur
von der jährlichen Fahrt zum Tierarzt unterbrochen, um
die notwendigen Impfungen zu erhalten und von den Ur-
laubsfahrten, auf welche er uns auch weiterhin problemlos
begleitete.

Wahrscheinlich wurde eine dieser Fahrten ihm und uns
zum Verhängnis. Napoleon, der ungefähr in seinem achten
Lebensjahr taub geworden war, hatte bei seinem Rundgang
durch den Garten unseres Ferienhauses den fremden Kater
nicht rechtzeitig bemerkt, der ihn plötzlich angriff und sich
in ihm festbiss. Unser kleiner Feldherr machte in diesem
Moment seinem Namenspatron alle Ehre und kämpfte
tapfer gegen den Feind. Der Kampf muss schon einige Zeit
gedauert haben, als wir nichtsahnend aus dem Haus traten
und das wilde Fauchen und Knurren vernahmen. Aufge-
bracht schlugen wir das verwilderte Tier in die Flucht und
versuchten, Napoleon zu trösten, der uns jedoch zunächst
in seiner Panik nicht erkannte und uns mit funkelnden
Augen böse anfauchte.

Er beruhigte sich bald, und wir konnten festestelllen, dass er
außer einigen Kratzern und der Tatsache, dass der Garten

ab sofort tabu für ihn war, alles gut überstanden hatte. Am nächsten Tag stand die Rückreise an, und bald war alles vergessen.

Etwa drei bis vier Monate später veränderte Napoleon sein Verhalten und sein Aussehen. Das Fell wurde zottelig und stumpf, der Appetit ließ nach und er lag fast nur noch apathisch auf dem Sofa, um die Tage zu verschlafen. Eines Tages, er war knapp elf Jahre alt, stellte er das Fressen ein, erbrach ständig Schleim und wurde trotz aller Versuche ihn zu retten, immer schwächer und durchscheinender. Nach Aussage unserer Tierärztin litt Napoleon an einer unheilbaren Infektionskrankheit, deren Auslöser höchstwahrscheinlich der längst vergessene Kampf zwischen ihm und der wilden Katze im letzten Frankreichurlaub war.

Die gefürchtete Zeit war also gekommen und wir mussten uns an einem heißen Apriltag schweren Herzens von unserem Napoleon verabschieden. Unsere Welt stand still und die Welt dort draußen drehte sich ungerührt weiter als wir ihn begruben.

»Lieber Napoleon, in unserer Unwissenheit haben wir Dir manches abverlangt und bitten Dich dafür um Entschuldigung. Du warst grenzenlos geduldig mit uns und wir hoffen, dass es Dir bei uns trotz allem ein bisschen gefallen hat. Du warst unser Lernkater und alle Deine Nachfolger werden Dir dafür dankbar sein.«

Mäxchen

Unsere Nachbarin hatte sich ein Kartäuserkätzchen ausgesucht und wartete ungeduldig und voller Vorfreude auf
den Tag, an dem sie es endlich abholen durfte. Unglück-
licherweise wurde sie vorher schwer krank und musste
unverzüglich ins Krankenhaus. Sie war furchtbar nieder-
geschlagen und sah keine Möglichkeit mehr, das Kätzchen
zu nehmen, weil der Ausgang der anstehenden Operation
ziemlich fragwürdig war.

Da wir nach Napoleons Verlust immer noch ein katzenloser Haushalt waren und dies auf keinen Fall bleiben wollten, boten wir uns an, das Kätzchen aufzunehmen und so lange zu behalten, bis unsere Nachbarin wieder gesund sein würde oder es im schlimmsten Fall auch zu adoptieren. Wir waren überzeugt, dass ein Tier, auf das man sich so gefreut hat, bei der Genesung eine große Hilfe sein kann.

So also kam Mäxchen ins Haus. Klein, pechschwarz, zweifellos vom Züchter zu Unrecht als Kartäuser angepriesen und verkauft, lebhafte gelbe Augen, quirlig, neugierig, kurz gesagt eine Energiebombe, eine Rakete. Mäxchen kam durch die Wohnungstüre, sondierte kurz die Lage, wirbelte ohne Vorankündigung quer durch das Wohnzimmer, kletterte wieselschnell die gegenüber liegende Wand hinauf, wobei ihm die damals moderne Grasfasertapete sehr nützlich war und nahm erst mal auf der Standuhr Platz, um sich von dort oben zu orientieren. Anschließend untersuchte er sehr ausgiebig die gesamte Wohnung und schien ganz zufrieden mit der Wahl seiner neuen Heimat zu sein. Die Katzentoilette wurde sofort gefunden und benutzt, wie es sich für ein artiges Katzenkind gehört. Mit dem Futter gab es ebenfalls keine Probleme, denn ihm schmeckte damals noch alles, und die Feinschmeckerallüren entwickelten sich bei ihm, wie bei den meisten seiner Kollegen, erst in späteren Jahren.

Mäxchen konnte wunderbar spielen, rollende und hopsende Bälle jagen, mit einem Wollknäuel balgen, Wäscheklammern belauern, Teppichfransen erlegen, meterweise Toilettenpapier abrollen und vieles mehr. Er war unglaublich vielseitig im Erfinden von neuen Spielen und legte dabei die unerschütterliche Überzeugung an den Tag, dass die gesamte Welt einzig zu seiner Unterhaltung existierte.

Ganz besonders liebte er Plastiktüten in jeglicher Größe. Steckte man ihn in ein solches knisterndes Behältnis und hängte dieses dann an eine Türklinke, so konnte man ihn darin unermüdlich mit imaginären Feinden kämpfen sehen bzw. hören. Ab und zu kam sein erhitztes Gesichtchen aus der Öffnung, um dann sofort wieder in neue Abenteuer abzutauchen, die Tüte von innen zu zerbeißen, mit den Krallen Löcher hineinzupieksen und Purzelbäume darin zu schlagen, dass es nur so raschelte. Klopfte man von außen gegen die Tüte so drohte Mäxchen fast zu explodieren und gebärdete sich wie toll. Mäxchen füllte unsere Wohnung mit prallem Leben und der Schmerz um Napoleon war nicht mehr so allgegenwärtig wie vorher.

Nach einer kurzen aber turbulenten Zeit mit dem kleinen schwarzen Wirbelwind, der mit Vorliebe wie ein Gecko an den Wänden in Höhe der Gardinenstangen klebte, mussten wir uns wieder von ihm trennen. Wir freuten uns für unsere genesende Nachbarin, dass sie ihr Mäxchen endlich in die Arme schließen konnte. Aber für uns war der Abschied von ihm, obwohl er nur eine Etage höher zog, recht traurig, und die Wohnung wirkte nach seinem Intermezzo wieder ganz besonders leer. Lediglich einige herabhängende Grasfasern unserer Tapeten waren alles, was uns von ihm blieb.

Mäxchen dagegen hatte sich schnell auf die neue Situation eingestellt und schlug seine Kapriolen eben im Dachgeschoss, welches ihm insofern ungeahnte Möglichkeiten erschloss, als er sein Revier enorm erweitern konnte, indem er alle Dächer der angrenzenden Häuser, bis hin zur nächsten Baulücke, mit einbezog. Er turnte halsbrecherisch auf Geländern und Dachfirsten herum, verschwand durch Dachluken in diversen Speichern, erlegte Mäuse für unsere darüber wenig erbaute Nachbarin, brachte ihr Vogelfedern als Geschenk oder erbeutete einen Kugelschreiber, der auf unerklärliche Weise den Weg auf eines der Dächer gefunden hatte.

Wir alle sahen seinem ausgelassenen Treiben mit sehr gemischten Gefühlen zu, denn seine gefährlichen Aktionen ließen uns fürchten, dass ein Absturz nicht auszuschließen war.

An einem Sonntagmorgen, wir schliefen noch, klingelte unsere Nachbarin in größter Aufregung. Der Fall war eingetroffen! Mäxchen war vom Balkon im Dachgeschoss auf das darunter liegende abschüssige Glasdach über unserem Balkon gestürzt und konnte weder vor noch zurück. Bei jeder Bewegung geriet er ins Rutschen und drohte auf die circa sechs Meter darunterliegende Terrasse zu fallen. Im Pyjama und mit vom Schlaf noch getrübten Augen bauten wir aus Stühlen, Hockern und Fußbänkchen eilig eine provisorische Leiter und einer von uns versuchte, mit einem Fuß auf dieser wackeligen Konstruktion stehend, mit dem anderen Fuß sich auf dem Balkongeländer abstützend, Mäxchen zu erreichen, indem er einen Arm um die waagerechte Regenrinne wand und, sich tüchtig streckend, nach dem Kater tastete. Mäxchen geriet bei dieser Rettungsaktion in Panik, strampelte, rutschte ab und konnte gerade noch aufgefangen werden, nicht ohne jedoch seinem Retter ein paar tiefe Kratzer zu verpassen. Das war knapp!

Mäxchen turnte noch viele Jahre in unvermindert halsbrecherischer Art und Weise über die Dächer, aber es gab nie mehr einen Unfall.

Zu Mäxchens Revier zählten selbstverständlich auch unsere zwei Bürobalkone im Dachgeschoss, die wir liebevoll mit blühenden Pflanzen versehen hatten. Die Pflanzkästen wurden von Max kurzerhand zur Toilette umfunktioniert, was er als sehr angenehm empfand, da sie auf seinen Ausflügen bequemer erreichbar waren, als seine Katzentoilette im Badezimmer der Nachbarin. Wir liebten Mäxchen zwar sehr und sahen ihm so manchens nach, aber als unsere Blumen bald die Köpfe traurig hängen ließen, mussten wir uns schnell eine Lösung einfallen lassen. Also bepflanzten wir die Tröge so dicht, dass keine Erde mehr zu sehen war, in die Mäxchen sein Geschäft hätte vergraben können. Pfiffig benutzte er nun den Blumenteppich so lange als weiches Bett, bis die zerdrückten Pflanzen aufgaben, die Erde zum Vorschein kam und alles wieder zur Toilette abgewandelt werden konnte.

Nun hielten wir die Erde besonders feucht, da wir gehört hatten, dass Katzen trockene Erde bevorzugen. Der Erfolg war sehr gering. Wir steckten Grillspieße wie Panzersperren in die Erde, aber Mäxchen schaffte es spitzpfötig, seine Geschäfte in den engen Zwischenräumen zu erledigen. Wir brachten Maschendraht am Balkongeländer an, welches aus Stäben mit circa zehn Zentimeter breiten Zwischenräumen bestand, um dann hilflos zuzusehen, wie er elegant über das Geländer sprang ohne den Draht überhaupt eines Blickes zu würdigen.

Schließlich bedeckten wir jedes Pflanzgefäß mit Maschendraht, der einige Zentimeter über der Erde schwebte und das ganze dadurch ungeeignet für eine Toilette wurde. Diese Methode half zwar, aber unsere Blumen konnten nicht mehr ungehindert wachsen und das Gesamtbild büßte einiges an Schönheit ein.

Max hatte erwiesenermaßen mit den Jahren ein ungeheures Durchsetzungsvermögen entwickelt, welches sich auch auf andere Bereiche seines Katzenlebens erstreckte. So erzog er z. B. alle Besucher unserer Nachbarin dazu, sich maxgerecht zu verhalten. Sprach jemand zu laut, bewegte sich zu hektisch oder roch unsympathisch, so erklärte er der entsprechenden Person mit einem kurzen aber wirksamen Krallenhieb, von Fauchen begleitet, den Krieg. Unsere Nachbarin verlor auf diese Weise so manchen verstörten Gast, aber sie hielt trotz allem treu zu ihrem Max.

Auch ich zählte eines Tages zu seinen Opfern, ließ mich von ihm aber weder einschüchtern noch vertreiben. Während einer mehrwöchigen Abwesenheit unserer Nachbarin wurde Max von uns mit Futter, Spielen, Streicheleinheiten und sonstigen lebensnotwendigen Zuwendungen versorgt. Während dieser Zeit hatte ich mich fürchterlich an einer Schrankecke in Maxens Revier gestoßen und muss wohl unbewusst einen Schmerzenslaut ausgestoßen haben. Mäxchen verabscheute, wie schon gesagt, jegliche Art von lauten Äußerungen, schoss mit angelegten Ohren, wie ein Hund gefährlich knurrend, auf mich zu, hing mir im nächsten Augenblick mit ausgefahrenen Waffen am Hosenbein und versuchte mich zu beißen. Wieder einmal dankte ich insgeheim den Amerikanern für die wunderbare Erfindung der soliden Jeans. Nachdem ich den Hitzkopf abgeschüttelt hatte, trat ich sehr langsam den Rückzug an, flüchtete in einem günstigen Augenblick aus der Wohnung, holte Schützenhilfe, und zu zweit beruhigten wir Max, bis er uns schnurrend Köpfchen gab. Für den Laien sei erwähnt, dass »Köpfchengeben« eine besonders liebevolle Äußerung von Zuneigung einer Katze darstellt, wobei sie ihren Kopf heftig gegen das Objekt ihrer Sympathie stößt. In Zukunft begegnete ich Mäxchen grundsätzlich, indem ich in die Hocke ging, ihm meinen Kopf hinhielt und prompt Köpfchen bekam. Jegliche Aggression konnte so im Keim erstickt werden. So blieben wir bis zu seinem Tod im Alter von 13 Jahren die besten Freunde und er hat nie mehr einen Angriff auf uns ausgeübt.

Joschi

Penny

Joschi und Penny – Abschied von Joschi

Nachdem Mäxchen eine Etage höher gezogen war und wir uns zwar unabhängig aber ziemlich einsam fühlten, hielten wir verstärkt Ausschau nach einer neuen Samtpfote. Auf einer Katzenausstellung begegnete uns eine sympathische Frau aus Meinerzhagen, die mit großer Leidenschaft Perserkatzen züchtete. Wie es der Zufall wollte, hatte sie gerade einen Wurf Kätzchen, die alt genug waren, um bald in ein neues Zuhause umziehen zu können.

Beim ersten Besuch waren wir sehr beeindruckt von den acht ausgewachsenen Persern, die alle gelassen und majestätisch auf Sofas, Sesseln und Fensterbänken ruhten und die man wegen ihrer sparsamen Bewegungen erst nach und nach von Sofakissen unterscheiden und als Lebewesen identifizieren konnte. In einer Ecke des Zimmers jedoch ging es lustig und quicklebendig zu. Es wurde geturnt, gebalgt, gespielt, mit winzigen Stimmchen gemaunzt, hinter Bällen hergejagt und zwischendurch mal schnell im Kurzschlaf neue Energie getankt. Aus dem Gewusel löste sich plötzlich ein kleines Wesen, weich wie Watte, mit tiefblauen Augen in einem dunklen Gesichtchen, der Körper hellbeige, die Ohren, die Pfötchen und der Schwanz dunkel. Ein wunderschönes Colourpoint-Katerchen hatten wir da vor uns. Es musterte uns sehr nachdenklich und aufmerksam und hatte, wie wir hinterher zu erkennen glaubten, uns bereits als seine Menschen ausgewählt, noch ehe wir es ahnten. Wir waren von seiner ernsthaften Art und dem klugen Augenausdruck so angetan, dass unser Entschluss schnell feststand.

Aber halt! Da war noch so ein niedlicher Wattebausch mit zartgrauem Gesicht, blassblauen Augen, sehr grazil, sehr durchscheinend, aber auch sehr vorwitzig und anscheinend zu jedem Unfug bereit, eben ein Mädchen. Unsere einstimmige Meinung war, dass dieses Duo nicht getrennt werden durfte. Schließlich ist das Leben einer Wohnungskatze ohne Spielgefährten einsam und langweilig. Außerdem, wo eine Katze satt wird, werden es auch zwei. Mit diesen Sprüchen machten wir uns gegenseitig Mut für zwei neue Mitbewohner, obwohl doch immer nur von einem die Rede war.

Sie zogen im Herbst bei uns ein und wir nannten sie Joschi und Penny. Von Anfang an war klar, wer das Sagen hatte. Penny, das Mädchen, erkundete ohne zu zögern einhundert Quadratmeter Neuland und schaute mutig hinter und unter jedes Möbelstück und in jede abgelegene Ecke. Sie sprang nach kurzer Zeit ungeniert auf Stühle und Sessel, wusste sofort wo lebensnotwendige Dinge wie Katzentoilette, Wassernapf und Futter zu finden waren und wurde bei allen Aktionen von einem vorsichtigen und immer fünf Schritte hinter ihr bleibenden Joschi begleitet. Einmal gab er beherzt sein Schattendasein auf, erkundete waghalsig auf eigene Faust das Badezimmer und sprang der besseren Übersicht wegen auf die Toilette. Ausnahmsweise hatte jemand vergessen den Deckel zu schließen und ..... Joschi musste gerettet werden. Entmutigt überließ er seit diesem Missgeschick wieder seiner Schwester den Vortritt.

Penny entwickelte sich mit der Zeit zu einer kapriziösen um nicht zu sagen zickigen Katzendame, suchte seltener die menschliche Nähe, hatte einen unglaublich starken Willen und sah trotzdem so zart und zerbrechlich aus, dass man in ihr niemals den absoluten Boss vermutet hätte. Sie hatte selten Appetit und blieb, was die Körperfülle betraf, weit hinter ihrem Bruder zurück. Erst nach der Sterilisation wurde sie rund.

Joschi dagegen war stämmig, robust und gutmütig, seine Lieblingsbeschäftigungen waren Schmusen und Schnurren, und er mochte die Zuwendung seiner Menschen mit niemanden teilen. Er konnte furchtbar betroffen und traurig dreinschauen, wenn ihn die Eifersucht plagte, weil wir uns zum Beispiel seiner Meinung nach mal wieder zu lange mit Penny beschäftigten. Joschi war ganz besonders auf mich fixiert und konnte es schwer ertragen, wenn ich mich zum Essen oder Klavierspielen oder Lesen hinsetzte oder irgend eine andere Tätigkeit meine Konzentration in Anspruch nahm. Sofort machte er sich bemerkbar, sprang auf meinen Schoß, schnurrte laut wie ein Motor und genoss sichtlich den Erfolg, wieder mein Mittelpunkt zu sein. Einer seiner Lieblingsplätze war die Kuhle, die entstand, wenn ich beim ersten Frühstück ein langes Nachthemd trug und Joschi wie in einer Hängematte zwischen meinen Beinen hing. Er konnte garnicht genug vom Schaukeln bekommen und die Zeit am Frühstückstisch wurde am Wochenende nicht selten bis zum Mittag ausgedehnt. Ein weiterer Lieblingsplatz wurde für lange Zeit das Waschbecken im Badezimmer, in dem er oft stundenlang über den Sinn des Lebens meditierte.

Joschi wurde ein gesund aussehender, kräftiger Kerl mit einem üppigen weichen Fell und tiefblauen Augen, eine wahre Schönheit.

Wir vier führten ein harmonisches und unbeschwertes Leben, und das hätte so weitergehen können, wenn da nicht die Urlaube gewesen wären. Wir hatten beschlossen, alle zusammen einen Probekurzurlaub in Holland zu machen, um zu testen, was uns bezüglich unserer Katzen erwartete. Bei Fahrten zum Tierarzt wurde schon frühzeitig klar, dass Penny das Autofahren überhaupt nicht schätzte, ja sogar für eine Zumutung hielt. Nach einer Konsultation bei unserer Tierärztin kehrten wir mit guten Ratschlägen für die Fahrt und K.-o.-Reisepillen in der Tasche erleichtert nach Hause zurück, in der Annahme die Reise nun problemlos antreten zu können. Wir packten fröhlich die Koffer für Mensch und Tier, wobei das Gepäck für die Tiere fast umfangreicher als unseres war und gaben dann jeder Katze, wie mit der Ärztin besprochen, eine Reisetablette, bevor wir Koffer und Taschen zum Auto brachten. Wir waren noch nicht ganz an der Wohnungstüre als wir, erschreckt von zwei aufeinanderfolgenden Geräuschen wie »plopp, plopp«, umkehrten um nach der Ursache zu forschen. Wir mussten nicht lange suchen. Beide Miezen waren wie reife Pflaumen vom Baum von der Fensterbank gefallen. Beide lagen wie leblos auf dem Fußboden, und dieser Anblick jagte uns einen jähen Schrecken ein. Konnte es sein, dass die Dosis zu hoch war? Wir machten uns schreckliche Vorwürfe, denn mit einer solchen Wirkung hatten wir absolut nicht gerechnet. Vorsichtig hob jeder eine Katze hoch. Man hatte das Gefühl, als trüge man knochenlose, weiche, schwere Plüschtiere. Wir brachten sie zum Auto, nicht um in Urlaub, sondern auf schnellstem Wege zur Tierärztin zu fahren. Kaum ins Auto gebettet, schlugen beide wie auf ein Kommando ihre Augen auf, orientierten sich kurz und erstaunlich wach, um dann so zu reagieren, wie es jedem der beiden erfahrungsgemäß entsprach. Joschi drückte sich in die Polster und harrte träge der Dinge, die da kommen sollten, während Penny ein nervenzerreißendes Geschrei anstimmte. Die Reise nach Holland konnte beginnen. Unter normalen Umständen erschienen uns frühere Ausflüge zum gleichen Ziel recht kurz, aber jetzt wollte die Fahrt kein Ende nehmen. Penny zeterte fortissimo und wie es uns schien, ohne Luft zu holen. Es half kein Streicheln, kein Machtwort, kein beruhigendes Wort, und sie kämpfte verbissen gegen die sichtlich aufkommende Müdigkeit an, wohl eine späte Folge der Pillen.

Joschi irritierte Pennys Verhalten sehr. Einerseits wollte er sich der wohligen Mattigkeit hingeben, andererseits fühlte er sich verpflichtet, seiner Schwester beizustehen und gegen das, was immer es auch sein mochte, das die so aufbrachte, ebenfalls zu protestieren. So raffte er sich hin und wieder auf und ließ ein halbherziges Maunzen hören, um sich dann wieder mit der Gewissheit einzurollen, dass er seiner brüderlichen Pflicht nachgekommen war. Nach vier entsetzlichen Stunden hatten wir, allerdings mit blanken Nerven, endlich unser Ziel erreicht und bezogen ein hübsches, gemütliches Ferienhaus hinter den Dünen der Nordsee. Wir verfolgten angespannt wie unsere Katzen das Haus inspizierten und erwarteten bange ihr Urteil, besonders das von Penny. Zu unserer großen Erleichterung hatte sie nichts zu beanstanden und rollte sich kurz darauf entspannt auf dem Sofa ein, um sich erst einmal von den Strapazen der Reise zu erholen. Joschi fand alles wunderbar und legte sich dicht neben seine Schwester, die auch für ihn endlich wieder erträglich war.

Am nächsten Morgen, wir waren von der Fahrt immer noch wie gerädert, wurden wir unsanft von einer übermütigen Katzenbande geweckt. Sie spielten Verfolgung und jagten durch sämtliche Zimmer, galoppierten quer über unsere Betten, schlugen Haken, schlüpften unter die Bettdecke, um uns in die Zehen zu zwicken und kitzelten unsere Gesichter mit ihren langen Barthaaren. Sie hatten uns also die Autofahrt verziehen, und selbst Penny konnte nicht umhin, ihrer Zufriedenheit mit der neuen Umgebung durch ihre Fröhlichkeit Ausdruck zu verleihen.

Der Urlaub wurde für alle vier ein großer Erfolg. Die Katzen tobten gerne und ausgiebiger als daheim durchs Haus, um anschließend auf ihrem Lieblingssofa, sich mit den Vorderpfoten umarmend, ein helles und ein dunkles Gesichtchen aneinander geschmiegt, tief und fest zu schlafen.

Ein hin und wieder leichtes Zucken der Pfoten oder Schlagen der Schwanzspitzen ließen ahnen, dass sich auch im Traumland spannende Dinge abspielen mussten.

Für uns alle hätte es so weiter gehen können, aber nach einer Woche war die unbeschwerte Zeit leider vorbei, und wir mussten uns für die Rückreise rüsten. Penny verfolgte argwöhnisch, wie wir Fress- und Wassernäpfe, Spielzeug, Katzentoilette, restliches Futter, Streu, Kamm, Bürste und Leinen zusammensuchten, die Koffer packten, das Haus putzten und verräterische Katzenhaare entfernten. Sagte ich es schon? Der Vermieter war ahnungslos was das Vorhandensein unserer Katzenhorde betraf, und so sollte es auch bleiben.

Am späten Nachmittag starteten wir unsere Rückreise. Die Katzen hatten dieses Mal keine ohnehin unnützen Beruhigungspillen bekommen. Wir versprachen uns gegenseitig, uns von Penny nicht nerven und weder Hektik noch Mordgedanken aufkommen zu lassen und erwarteten dennoch bange ihren ersten Protest, der keine drei Minuten auf sich warten ließ. Es begann mit noch erträglichem Nörgeln, das sich in flehendes Miauen verwandelte und sich schließlich zu einem ohrenbetäubenden Gejaule steigerte. Sie turnte dabei unruhig auf dem Rücksitz hin und her, kratzte an den Fenstern und hätte gerne jede Möglichkeit genutzt, diesem schaukelnden Ungetüm Auto zu entkommen.

Allmählich drohten unsere guten Vorsätze zu verblassen, und unter Einsatz aller verfügbaren Kräfte wiederholten wir immer wieder: »Weder Hektik noch Mordgedanken! Weder Hektik noch Mordgedanken!Weder Hektik noch Mordgedanken!« Unter diesen erschwerten Umständen kämpften wir uns Kilometer um Kilometer in Richtung Heimat, als mir plötzlich ein entsetzlicher Gedanke durch den Kopf schoss. Wo war der Katzentransportkorb? Wir hatten ihn im Ferienhaus vergessen! Wenn wir nicht zurückfuhren, flog die unerlaubte Mitnahme unserer vierbeinigen Familienmitglieder unweigerlich auf, und wir hatten wahrscheinlich mit unnötigem Ärger zu rechnen. Was blieb uns also anderes übrig, als das Auto zu wenden und zurückzufahren. Als ob Penny diese Situation genau mitbekommen und verstanden hätte, miaute sie noch lauter, noch verzweifelter, noch schriller und tobte wie tollwütig. Sie schrie so lange bis sie heiser war und ihre Stimme fast versagte. Joschi beobachtete sie erstaunt, hörte ihr irritiert zu und sah so ratlos aus, wie Jungens auszusehen pflegen, wenn sie die Mädchen mal wieder überhaupt nicht verstehen.

Nach sechs Stunden war diese Höllenfahrt endlich zu Ende, und die gesamte Familie, Katzen wie Menschen, fiel an diesem Abend in einen tiefen traumlosen Schlaf.

Mit dieser Episode waren ein für allemal künftige gemeinsame Urlaubsplanungen hinfällig geworden, und wir machten nur noch getrennten Urlaub, die Katzen mit Katzensitter zu Hause, die Menschen in der Ferne.

Die übrige Zeit verbrachten wir möglichst gemeinsam. Unsere Samtpfoten gingen täglich mit uns ins Büro, schliefen dort die meiste Zeit, wie üblich sehr dicht aneinandergedrängt, in einer für zwei Katzen viel zu kleinen Kiste, die auf einem mit Teppich bespannten Stamm montiert war, ein sogenannter Kratzbaum. Zwar hingen ihre Pfötchen aus Platzmangel über den Rand, aber sie schienen diese Enge besonders zu lieben. Hatten sie ausgeschlafen, dann sprangen sie gerne auf unsere Schreibtische und breiteten sich mit Vorliebe auf dem Papier aus, über dem man gerade brütete und kniffelige Berechnungen anstellte oder unangenehme Korrespondenz, z. B. mit dem Finanzamt, erledigen wollte. Sie bettelten jedoch so charmant um Streicheleinheiten, dass man nicht anders konnte, als die Arbeit für einen Augenblick ruhen zu lassen und eine Schmusepause einzulegen, die auch wir als Seelenbalsam genossen.

Selbstverständlich hatten unsere Katzen eine doppelte Haushaltsführung, denn auch in den Büroräumen fehlte es weder an Fress- und Wassernäpfen, noch an Futter, Spielzeug oder Katzentoilette.

Nach Büroschluss wanderte die Karawane geschlossen, Penny in Führung, von Joschi und uns gefolgt, eine Etage tiefer, um dort den Feierabend je nach Jahreszeit drinnen oder draußen auf dem Balkon zu genießen. Nach dem kalten Winter, wenn sich die Temperaturen allmählich erwärmten und die Katzen sich ihres Winterfells büschelweise entledigten, saßen sie gerne hellwach und neugierig auf dem Balkon, blinzelten in die Sonne und verfolgten mit ihren Blicken die ersten Insekten. Beim Anblick der vorüberfliegenden Vögel wünschten sie sich sicher von Herzen ein Paar funktionsfähige Flügel. Besonders die Flugschule der Spatzenkinder, die auf den Dächern und Vorsprüngen der gegenüberliegenden alten Schule stattfand, beanspruchte ihr ganzes Interesse. Im Sommer dösten sie im Schatten einer Malve, lang ausgestreckt, müde von der Hitze und dem berauschenden Duft der bunten Petunien, die in dicken Kissen aus den Blumenkästen quollen. Im Herbst schauten sie aufgeregt den im Wind tanzenden Blättern nach und flüchteten erschrocken in die Küche, wenn eine unerwartete Windboe in ihren Pelz griff. Aber auch der Winter hatte seinen Reiz. Wie friedlich waren die Abende bei Kerzenschein, mit einer heißen Tasse Tee, romantischer Musik und einer sanft schnurrenden Katze auf dem Schoß.

Mitten in diese Harmonie platzte die vernichtende Nachricht von Joschis unheilbarer Krankheit, Leukose, das Todesurteil. Einen Tag vor seinem dritten Geburtstag begruben wir ihn bei Freunden im Garten. Wieder einmal stand unsere Welt still, und die Welt da draußen drehte sich ungerührt weiter und nahm seinen Tod und unseren Schmerz nicht einmal wahr.

Die Trauer um Joschi war unglaublich tief und dauerte sehr lange. Er war doch noch so jung!

Robby

Robby .... und Penny

Das bisher glückliche vierblättrige Kleeblatt hatte nun ein Blatt zu wenig und so holten wir Robby ins Haus. Wir taten dies nicht etwa um Joschi zu ersetzen, der blieb unersetzlich, aber um Penny wieder einen Spielkameraden zu geben.

Robby war nicht gerade das, was man einen schönen Kater nennen konnte, aber wir entschieden uns dennoch für ihn, denn er war der letzte übriggebliebene Welpe, den unsere Züchterin aus dem letzten Wurf anzubieten hatte. Robby, ein grauer Perser, hatte einen etwas zu lang geratenen Körper, viel zu hohe Beine und besaß somit erstaunlich wenig vom typisch gedrungenen, kompakten, stämmigen Körperbau seiner Rasse. Außerdem hatte er ein viel zu kurzes, in Züchterkreisen jedoch beliebtes und angeblich »typvolles« Näschen. Züchter und Richter auf Ausstellungen sollten dazu verurteilt werden, probehalber nur eine Woche mit einer solchen Nase leben und bei jedem Atemzug um Luft ringen zu müssen. Sicher wäre die Züchtung dieser Missbildung sehr schnell verboten. Robby jedenfalls hatte schon als Katzenbaby erhebliche Schwierigkeiten. Er konnte weder spielen noch ausgelassen toben, ohne verzweifelt nach Luft zu schnappen, und von weitem hörte man sein Schnorpsen und Japsen, das ihn auch ohne körperliche Anstrengung ständig begleitete. Auch das Fressen fiel im schwer, denn die Happen fielen ihm immer wieder aus dem Mäulchen. Das alles trübte aber nicht seine gute Laune und sein sonniges Gemüt. Er liebte möglichst viel Besuch, wanderte von einem Schoß zum nächsten, um sich überall wundervolle Streicheleinheiten zu holen und genoss es sichtlich, Mittelpunkt zu sein. Mit seinem Charme machte er spielend jeglichen körperlichen Nachteil wett.

Penny lehnte ihn zunächst völlig ab und verfolgte sein Tun argwöhnisch und missgelaunt. Bot er ihr in seiner tapsigen Art Frieden an und kam ihr dabei zu nahe, wurde er angeknurrt und angefaucht, was ihn aber nicht davon abhielt, es immer wieder zu versuchen.

Je älter Robby wurde, um so mehr wandelte sich sein Aussehen hin zum Perser. Er wurde gedrungen und stämmig, bekam im Verhältnis zum Körper kurze kräftige Beine mit herrlich dicken Pfoten, ein traumhaft seidiges Fell und unvergleichlich schöne, runde, bernsteinfarbene Augen. Sein Gesichtsausdruck wirkte immer etwas hilflos und fragend, als müsse man ihn pausenlos beschützen. Er war und blieb bis ins hohe Alter ein sanfter gutmütiger Riese, der immer allen seinen jeweiligen Mitkatzen bereitwillig den Vortritt ließ, sei es bei der Begrüßung seiner heimkehrenden Menschen, beim Spiel oder am Fressnapf. Leider verlor er mit zunehmenden Alter aus unerklärlichen Gründen seine Arglosigkeit gegenüber Fremden, und er flüchtete schon dann in die hinterste Ecke, wenn an der Wohnungstüre nur geklingelt wurde. Besucher bekamen ihn äußerst selten zu Gesicht, und er wagte sich erst dann zögernd hervor, wenn die Luft wieder rein war. Dann aber wurde genau erkundet wo wer gesessen hatte, ob derjenige sympathische Gerüche hinterlassen hatte und ob man dieser oder jener Person in Zukunft vielleicht doch nicht unbedingt aus dem Wege gehen musste.

Neues Lebensgefühl

Robby war ca. zwei Jahre alt und litt nach wie vor an seiner zu kurzen engen Nase. Er rang manchmal so schwer nach Luft, dass wir befürchteten, sein letztes Stündlein habe geschlagen. Zufällig hörten wir von einem Tierarzt in Holland, der diese Behinderung bei Katzen schon oft erfolgreich operiert hatte. Wir setzten uns mit ihm in Verbindung, erhielten relativ schnell einen Vorstellungstermin, packten unseren Kater ins Auto und fuhren, auf Hilfe hoffend, nach Arnheim.

Robby verbrachte die Fahrt schicksalsergeben auf meinem Schoß und machte sich mit seinen sieben Kilogramm so klein und unauffällig, wie es eben ging.

Im Wartezimmer kam ein kleines braungelocktes Mädchen zu uns und streichelte ganz entzückt unseren Kater. Liebevoll nannte sie ihn »leev Puschje«, was wohl übersetzt »liebes Kätzchen« bedeutete. Diesen Beinamen behielt Robby sein Leben lang.

Der Tierarzt, ein ruhiger, freundlicher, vertrauenserweckender Mann, untersuchte Robby sehr eingehend und kam zu der zuversichtlichen Meinung, dass hier eine Operation ganz sicher helfen würde. Wir erhielten für zwei Wochen später einen Termin und fuhren erleichtert über die guten Erfolgsaussichten nach Hause.

Die zwei Wochen vergingen wie im Flug. Obwohl wir die Operation einerseits herbeigesehnt hatten, um Robby endlich ein normales Katzenleben bieten zu können, hätten wir andererseits den Termin aus Angst vor Schwierigkeiten lieber noch hinausgezögert. Wir waren alle sehr aufgeregt, als wir schließlich die Fahrt nach Arnheim antraten. Robby lag wieder die ganze Reise über auf meinem Schoß und übte sich im Unsichtbarmachen, während wir Menschen schweigsam jeder seinen Gedanken nachhing, die sich natürlich nur um die bevorstehende Operation drehten. Würde es gut gehen? Würde es Erfolg haben?

Pünktlich zum vereinbarten Termin übergaben wir unseren Robby dem Tierarzt, und uns blutete das Herz bei dem nach Hilfe schreienden Blick, den er hinter uns herschickte. Wir erhielten noch die Anweisung, dass wir Robby in drei Stunden wieder abholen könnten, und dann schloss sich die Türe hinter uns. Von Zweifeln gepeinigt machten wir uns auf den Weg in die Innenstadt von Arnheim. Wir gingen Kaffe trinken, ohne ihn zu schmecken. Wir durchstreiften Geschäfte und Kaufhäuser, ohne Interesse. Wir sahen tausend Schaufensterauslagen, ohne etwas zu sehen. Beide hatten wir nur Robby vor dem geistigen Auge, und unsere Angst um ihn wuchs bis zur Panik an, um dann wieder umzuschlagen in zaghafte Hoffnung auf den erfolgreichen Ausgang der Operation.

Wir benahmen uns wirklich sehr hysterisch! Hatte der Arzt nicht Optimismus und Vertrauen ausgestrahlt? Und hatte er nicht gesagt, dass er keine Schwierigkeiten sähe? Mein Gott, wie irrsinnig lang doch drei Stunden sein können!

Am Ende dieses nicht enden wollenden Nachmittags betraten wir mit pochenden Herzen und auf alles gefasst die Tierarztpraxis, um Robby abzuholen. Der Tierarzt gestand uns, dass er zwar mit Erfolg, aber sehr großer Mühe, in einer zweieinhalbstündigen Operation aus dem winzigen Näschen eine funktionsfähige Nase geformt hat. Man sah noch nicht viel, denn die Nase war genäht, etwas geschwollen und von getrocknetem Blut entstellt. Der Arzt erklärte uns, dass sich die Fäden in einiger Zeit selbst auflösen und dass eine Nachuntersuchung durch ihn nicht nötig sein würde, da alles optimal verlaufen sei. Erleichtert zahlten wir einen überraschend geringen Betrag und nahmen Robby selig in alle unsere Arme. Er war noch schläfrig und matt von der Narkose und weich und biegsam wie eine Stoffpuppe. In eine Decke gewickelt und im Dämmerschlaf verbrachte er die Rückfahrt auf meinem Schoß, ohne seine Umgebung wahrzunehmen.

Die nächsten Tage brachten eine erstaunliche Veränderung in Robby's Aussehen und Verhalten mit sich. Nachdem Penny sich nach anfänglichem Fauchen an den fremden Geruch nach Narkose- und Desinfektionsmittel gewöhnt und ihn allmählich wiedererkannt hatte und Robby wieder in vollem Besitz aller seiner Sinne war, bemerkte er verwundert, dass irgend etwas mit ihm geschehen war. Er tobte übermütig und ohne Atemnot durch die Wohnung, er roch intensiv an allen Gegenständen, die für ihn bisher wahrscheinlich geruchlos waren und genoss sichtlich die neuen Möglichkeiten, die das Leben nun für ihn bereit hielt. Auch das störende Schnorpsen und Japsen, das ihn bisher schon von Weitem angekündigt hatte, war verschwunden. Die Schwellung der Nase ging nach kurzer Zeit zurück, die

Fäden lösten sich auf und das Gesichtchen wirkte harmonischer als zuvor. Wir waren überglücklich und dem Arzt unendlich dankbar.

Nach einiger Zeit war alle Aufregung vergessen. Robby führte eine normales Katzenleben und entwickelte, wie alle Mitglieder unserer Wohngemeinschaft, seine ganz speziellen Eigenheiten.

Zu diesen Schrullen gehörte unter anderem seine Vorliebe für Bananenzipfel. Morgens, wenn wir unser Frühstück zubereiteten, bestand er mit seiner, einem Blecheimer ähnlich klingenden Stimme, darauf, dass ihm auf einem Teller eine ungeschälte Banane serviert wurde. Seine Begierde richtete sich nur auf den Zipfel, der entsteht, wenn man die einzelnen Bananen voneinander trennt.Mit sichtlichem Wohlbehagen zerkaute er dieses Ende, um sich danach seinem normalen Futter zuzuwenden.

Auf diesen Bananenspleen hatten wir unsere Katzensitterin aus Vergesslichkeit nicht aufmerksam gemacht und wurden von ihr auf Robby's merkwürdiges Verhalten während unseres Urlaubs angesprochen. Jeden Morgen jammerte er sie an und wartete sichtlich irritiert auf etwas, das sie nun absolut nicht wissen konnte ... seine Banane. Zukünftig erhielt er auch in unserer Abwesenheit die ihm zustehende Banane.

Eine weitere Marotte entwickelte Robby bei der Wahl seiner Schmusezeit. Hatte man selbst das Bedürfnis und die Muße ihn zu knuddeln, dann zeigte er sich meist abgeneigt. War man jedoch in der Küche und jonglierte schwitzend mit

Töpfen und Pfannen, dann war für ihn genau der richtige Zeitpunkt gekommen, sich raunzend um die Beine seines Menschen zu wickeln, sich auf den Rücken zu werfen und mit unglaublicher Sturheit sein Schmuserecht zu fordern … und zwar auf der Stelle.

Ein ausgewachsener Kampf tobte zwischen Robby und seinem Personal bezüglich seines Wassernapfes. Aus Gründen, die allen Wohnungsmitbewohnern für immer verborgen bleiben sollten, hatte er teuflischen Spaß daran, von Zeit zu Zeit kräftig mit der Vorderpfote im Wasser zu plantschen und in der Küche eine kleine Überschwemmung anzurichten.

Kaum hatte man geduldig alles getrocknet und sich anderen Aufgaben zugewandt, hörte man Robby erneut mit Begeisterung das Wasser bearbeiten. Der Mensch, der schließlich beim vierten Aufwischen einen gewissen Ärger nicht mehr unterdrücken konnte, wurde überhaupt nicht beachtet.

Eine andere Unart, die wir ihm nie abgewöhnen konnten, die aber Gott sei Dank recht unregelmäßig vorkam, war seine Toilettenmarotte. Hierbei ging sein Geschäft, ob groß oder klein, über Bord … und war die Toilettenwandung auch noch so hoch. Statt sich locker in die Mitte seiner Kiste zu setzen, wie das andere Katzen tun, pflegte er seinen Po möglichst dicht in eine der vier Ecken zu quetschen und sich auf Zehenspitzen zu stellen. Sobald nun das Streu, welches der gutmeinende Mensch großzügig eingefüllt hat, einen Zentimeter zu hoch war, landete das Geschäft nicht im Streu, sondern wurde über den Rand hinaus entsorgt. Die Streuhöhe durfte also eine bestimmte Höhe nicht überschreiten, ansonsten war man für das Malheur selbst verantwortlich.

Eine geradezu rührende Verschämtheit zeigte Robby von frühester Kindheit an, wenn es um das tägliche Bürsten ging. Während Penny allmorgendlich diese Prozedur im Lesezimmer über sich ergehen ließ, führte mich Robby in die Küche, bestand auf einer geschlossenen Küchentüre und legte sich dann entspannt nieder, um sich pflegen zu lassen. Die Peinlichkeit, dass ihm Penny dabei zusah, wollte er sich unbedingt ersparen. Dieses verlegene Verhalten veränderte sich auch nicht gegenüber den später in den Haushalt einziehenden Katzen.

Mit ungefähr neun Jahren begann es, dass er sich zwar immer noch freiwillig zum Bürsten auf den Küchenboden legte, jedoch erheblich weniger Geduld zeigte und auch schon mal unwillig nach mir schlug, wenn er keine Lust mehr hatte. Im Vergleich zu ihren menschlichen Geschlechtsgenossen zeigen ältere Kater doch erstaunlich ähnliche Verhaltensmuster wie Ungeduld, Unwilligkeit, Brummigkeit.

Ansonsten blieb Robby der unkomplizierte, gutmütige, bescheidene, liebe Kerl, der er von Anfang an war. Man konnte ihn mit einfachsten Mitteln zufriedenstellen, er fraß gerne und ausgiebig und liebte Ruhe und Beschaulichkeit über alles. Vormittags nach dem Frühstück döste er in einem Korb in der Küche, mittags nach dem Fressen übersiedelte er in einen Korb im Wohnzimmer und abends bzw. nachts machte er es sich in einer seiner Körpergröße genau angepassten Keramikschüssel bequem. Zwischendurch entschied er sich mal fürs Schmusen, mal fürs Toben, mal für einen Ausflug auf den Balkon oder ins Büro. Und hin und wieder wies er Penny in ihre Schranken, wenn sie zu übermütig wurde. Mit ihr verband ihn keine innige Liebe, aber er ließ ihr neidlos den Vortritt und man respektierte sich. Schließlich gehörte man zur gleichen Familie und liebte die gleichen Menschen.

Abschied von Penny

Die Zeit mit Robby und Penny verflog, unser Alltag verlief in beschaulichem Gleichmaß und niemand dachte daran, wie trügerisch diese Ruhe sein kann. Alles hatte ein jähes Ende, als Penny plötzlich nicht mehr fressen wollte, den ganzen Tag dösend auf meinem Bett verbrachte und ihre Teilnahmslosigkeit beängstigend wurde. Wir trugen das matte Kätzchen vorsichtig durch die Wohnung, zeigten ihm am Fenster das pulsierende Leben auf der Straße, versuchten es mit Leckereien zum Fressen zu überreden, überschütteten es mit Streicheleinheiten und mussten hilflos erkennen, dass weder ärztliche Bemühungen noch unsere Fürsorglichkeit es am Leben erhalten konnten. Penny war erst neun Jahre alt, aber sie wollte nicht mehr. So verloren wir nach vierzehn quälenden Tagen, hin- und hergerissen zwischen Hoffnung und Mutlosigkeit, wieder eine kleine, sehr geliebte Gefährtin und begruben traurig und tränenreich unsere Penny an einem trüben Dezembertag neben ihrem Bruder Joschi, den sie um sechs Jahre überlebt hatte.

Robby, dieser feinfühlige sensible Kater, spürte unsere Trauer und versuchte, uns in diesen Tagen durch seine Nähe und besondere Zutraulichkeit zu trösten. Er lag abends stundenlang dicht neben uns oder auch auf dem Schoß und zeigte uns so sein Mitgefühl.

Röschen

Bienchen

Röschen, Bienchen .... und Robby

Robby wich kaum noch von unserer Seite, und wir deuteten es so, dass er sich einsam fühlte und nach einem neuen Spielgefährten sehnte.

Da uns das Wohl aller unserer Katzen immer sehr wichtig war, gingen wir umgehend auf die Suche und lernten Röschen bei einer Züchterin in Marl kennen. Sie präsentierte sich uns als ein strammes, munteres Colour-Point-Mädchen mit noch fast unmerklich dunkel schattierten Beinchen, Schwanz und Ohren. Aus dem hellen Gesichtchen schauten zwei aufmerksame blaue Augen in die Welt. Sie turnte übermütig auf dem Sofa herum, und schien sich dabei besonders gut mit ihrer Schwester zu verstehen. Diese war etwas zarter, hatte ein unbeschreiblich bunt kariertes dreifarbiges Gesicht und bunte Beine, ansonsten sehr helles Fell und einen Dracula-Zahn, der aus dem Unterkiefer nach oben ragte. Wir sahen dem quirligen Spiel der beiden eine Zeit lang zu und jeder wusste vom anderen, dass er das gleiche dachte wie vor einigen Jahren bei Joschi und Penny: »Die zwei kann man doch unmöglich trennen!« So kam es, dass wir nach weiteren vier Wochen zu einer stattlichen Großfamilie expandierten.

Robby distanzierte sich leider wieder von uns, und wir waren nicht mehr so sicher, ob er wirklich neue Spielkameraden brauchte, wie wir anfangs vermutet hatten. Er nahm, wie es seiner liebenswerten Art entsprach, die Neuen zwar friedlich auf, ließ ihnen immer und überall den Vortritt, erduldete verständnisvoll ihre tollkühnen Tobereien, leckte ihnen nach kurzer Zeit sogar die Gesichter sauber, wollte aber seine Abende nicht mehr schnurrend bei uns auf dem Sofa verbringen.

Röschen wuchs dank ihres unglaublich guten Appetits bald zu einer wunderschönen typischen Perserkatze heran. Das Gesicht wurde dunkel, fast schwarz, die Augen darin wirkten umso blauer, die Nase bekam die richtige Länge, die Ohren, die Beine und der Schwanz erhielten ebenfalls eine dunkle Färbung, und das Fell wurde dicht und seidig. Sie war ausgeglichen und ständig zum Schmusen bereit und hatte mich bald als ihren Lieblingsmenschen auserkoren. Für sie war von Anfang an klar, dass sie, quasi als Mittelpunkt der Welt, selbstverständlich das Vorrecht genoss, als Erste auf meinem Schoß zu sitzen, als Erste von allen Futternäpfen zu kosten, als Erste Leckereien entgegenzunehmen, als Erste gebürstet zu werden usw., usw. Diese Bevorzugung erkämpfte sie sich aber nicht mit Bösartigkeit oder Hinterlist, sondern es war einfach eine unumstößliche angeborene Selbstverständlichkeit, die ihr diese Stellung verschaffte. Sie wäre nie auch nur annähernd auf die Idee gekommen, dass ihre Mitkatzen das anders sehen oder ihr gegenüber sogar Groll hegen könnten. Außerdem war sie mit einem unglaublichen Charme ausgestattet, der sie vor jeglichem Unmut ihrer zwei- bzw. vierbeinigen Mitbewohnern bewahrte. Zog man ihr einmal eine der anderen Katzen vor, indem man diese z. B. nach kurzer Abwesenheit zuerst begrüßte, so stürzte ihr Weltbild ein. Beleidigt entfernte sie sich dann, um sich wirkungsvoll und unübersehbar in einiger Entfernung niederzulassen und ihren Menschen mit innerem Kopfschütteln verständnislos zu fixieren. Aber so schnell man sich ihren Unmut auflud, so schnell war die Eifersucht vergessen, wenn sie auf den Arm genommen und gestreichelt wurde. Ihr Schnurren schwoll dann so heftig an, dass das ganze Körperchen bebte und sie sich manchmal sogar verschluckte.

Als kleines Kätzchen machte sie es sich zur Angewohnheit, mich morgens und abends ins Badezimmer zu begleiten und mich bei meiner Toilette zu beobachten. Sobald ich mich über das Waschbecken beugte, um mir die Zähne zu putzen, sprang sie auf den Deckel der hinter mir befindlichen Toilette, von dort auf meinen Rücken, um sich hier niederzulassen und mein Tun interessiert über meine Schulter spähend zu verfolgen. Wir fanden das beide wunderbar. Leider wurde Röschen wegen ihres guten Appetits bald eine recht vollschlanke, sprich schwere Katze, so dass diese Art von Beisammensein aus statischen Gründen beendet werden musste.

Was sie trotz ihrer Körperfülle jedoch nie aufgab war ihr Schlafkorb in der Größe eines normalen Obst- oder Brotkorbes. Diesen Korb hatte sie als Winzling am ersten Tag für sich ausgewählt und hätte damals ohne Schwierigkeiten auch noch ihre Schwester darin unterbringen können. Nach etwa einem Jahr passte ihr der Korb wie angegossen und nach einem weiteren Jahr grenzte es an ein Wunder, wie sie sich hineinfaltete. Rundherum hing sie weit über, aber dennoch blieb es ihr Schlafkorb, der abends mit in die Küche wanderte, wenn die Horde dort zur Nacht versammelt wurde und morgens wieder auf den angestammten Platz ins Bücherzimmer zurückgebracht wurde.

Röschen war, wenn irgend möglich, in meiner Nähe zu finden. Hatte ich zu bügeln, lag sie neben dem Bügelbrett. Musste ich kochen, überwachte sie alle Arbeiten vom erhöhten Platz des Kratzbaumes aus. Ging ich ins Schlafzimmer oder Bad, trottete sie vorsichtshalber hinterher, damit ich nicht verloren ging. Auch zum Einkaufen hätte sie mich gerne begleitet und saß dann, traurig hinter mit herblickend, an der Türe bis diese ins Schloss fiel. Die Wiedersehensfreude nach meiner Rückkehr und die Begrüßung fielen jedesmal so überschwenglich aus, als ob die Trennung Tage gedauert hätte. Begeistert untersuchte sie die Einkaufstaschen, strich mir um die Beine und konnte nicht oft genug hören, wie sehr auch ich sie vermisst habe. Röschen glich immer mehr einem treu ergebenen kleinen Hündchen und wurde unserem früh verstorbenen Joschi so erstaunlich ähnlich, dass wir öfter ernsthaft über Wiedergeburt nachdachten.

Ganz anders entwickelte sich Bienchen. Äußerlich unterschied sie sich von ihrer Schwester durch einen überaus zarten, fast durchscheinenden Körperbau, der, bedingt durch eine für eine Perserkatze ungewöhnliche Länge, die Vermutung aufkommen ließ, dass sich eventuell ein Frettchen in die Ahnenreihe eingeschlichen haben könnte. Das trug ihr den Beinamen »Fretti« ein.

Bienchen gehörte zur Gattung der Glückskatzen, so genannt wegen der drei Farben ihres Fells. Ihr Körper strahlte in warmem Wollweiß, die Pfoten waren zartbraun, später mit dunkelbraunen und hellen Flecken gesprenkelt und ging allmählich an den oberen Beinen in ein zartes braunbeige über, wobei die rechte Vorderpfote außerdem noch einen rosafarbenen Fleck aufwies. Der Schwanz wiederum zeigte eine helle Brauntönung, die später nachdunkelte. Das Gesichtchen war so unglaublich kariert und vereinte alle eben beschriebenen Farben in so willkürlicher Anordnung, dass mir eine genaue Beschreibung nicht gelingt. Aus diesem kunterbunten Gesicht blickten sehr aufmerksame blaue Augen, die uns, wenn sie ohne Wimpernzucken auf uns ruhten, das merkwürdige Gefühl des totalen Durchschautwerdens vermittelten. Ein aus dem rechten Unterkiefer überdimensional lang nach oben wachsender Zahn berührte fast die Nase, fiel aber wegen der bunten Gesichtsfärbung nur bei sehr genauem Hinsehen auf und bescherte ihr den weiteren Beinamen »Raffzahn«.

Bienchen-Fretti-Raffzahn war zwar vom Aussehen her eine Glückskatze, aber ihr Leben bei uns war in den ersten vier Jahren alles andere als vom Glück begleitet.

Es begann damit, dass sie nicht fressen wollte und vor jedem Futter geradezu floh. Wir trugen den Fressnapf hinter ihr her ins Wohnzimmer auf die Couch, unter den Tisch, auf den Sessel. Wir verfolgten sie im Schlafzimmer bis in den Kleiderschrank oder aufs Bett. Wir servierten ihr das Futter in der Küche auf dem Geschirrschrank, auf der obersten Etage des Kratzbaumes oder im schützenden Dunkel der Besenkammer. Diese Bemühungen führten hin und wieder zu einem kaum nennenswerten Erfolg, der dann von uns entsprechend bejubelt wurde. Meistens jedoch blieb unser Bitten und Flehen ungehört. Während Röschen sich allmählich dick und rund fraß, blieb Bienchen gewichtsmäßig bald bedrohlich weit hinter ihr zurück. Dann zeigten sich die ersten Schwächeanfälle und sie torkelte so kraftlos mit den Hinterbeinen, dass wir den Tierarzt aufsuchen mussten. Bienchen erhielt Aufbauspritzen, Spritzen zur Appetitanregung, Vitaminspritzen und wurde für kurze Zeit ein bisschen fressfreudiger. Danach verfiel sie wieder in den alten Trott, und wir mussten ihr Leben mehrmals mit ärztlicher Hilfe retten. Ein Grund für dieses Verhalten konnte nicht gefunden werden, und wir lebten in ständiger Angst um unser Sorgenkätzchen.

Schließlich fanden wir ein Trockenfutter für das sie Interesse zeigte und schauten ihr glücklich beim Fressen zu. Dummerweise bemerkten Robby und Röschen sehr schnell, dass in Bienchens Napf ein anderes, ihrer Meinung nach natürlich viel besseres Futter zu finden war und machten sich darüber her. Da dieses Futter ganz besonders nahrhaft und fett war, reagierten beide mit Durchfall. Also mussten wir ab sofort peinlichst darauf achten, an welchem Napf welche Katze fraß. Bei Robby und Röschen gerieten wir dadurch ungerechterweise in den Verdacht, Bienchen zu bevorzugen. Einige Zeit später fanden wir ein anderes Trockenfutter, nur beim Tierarzt erhältlich und entsprechend teuer, das alle drei Katzen gut vertrugen, und wir konnten die strenge Überwachung endlich wieder aufgeben.

Es war ein Fest, Bienchen zuzusehen, wie es ihr schmeckte. Allerdings machte sie es zur Bedingung, dass ihr Fressnapf in Robby's Schlafkarton, den er tagsüber nicht zu benutzen pflegte, gestellt wurde. Röschen und Robby bekamen das neue Futter zunächst als Leckerei oder als Belohnung. Selbst verloren geglaubte Katzen waren sofort zur Stelle, wenn nur kurz mit der Futterdose geklappert wurde. Schon bald wollten alle nur noch dieses Futter haben und wandten sich beleidigt ab, wenn wir es wagten, ihnen normales Dosenfutter in vielerlei Geschmacksrichtungen von namhaften Futterherstellern anzubieten.

Wie beneideten wir die glückliche Katzenbesitzerin der Fernsehwerbung, die ihrem begeisterten Kartäuser eine liebevoll mit Petersiliensträußchen garnierte Mahlzeit serviert und zum Dank vom zufriedenen Kätzchen mit dem Köpfchen übers Gesicht gestreichelt wird. Oh wie gerne hätten wir unserer Horde Geld gegeben und sie zum Einkaufen geschickt, denn eine andere Werbung suggerierte uns täglich, dass Katzen wüssten, was sie kaufen würden. Unsere Tiere schienen in puncto Geschmack total aus der Art geschlagen zu sein und hatten diesbezüglich mit diesen wundervollen Fernsehstars nicht die geringste Ähnlichkeit. Oder sollten etwa die Fressnäpfe der Werbekatzen, für den Fernsehzuschauer nicht erkennbar, heimlich besonders verführerisches Futter beinhalten?

Manchmal stellte sich aber doch plötzlich eine Vorliebe für bestimmtes Futter heraus und wir schleppten z. B. Fischtöpfchen ins Haus, weil die Herrschaften durchblicken ließen, dass Fisch im Moment gefragt war. Kaum hatte man sich reichlich eingedeckt, man kaufte schließlich immer für einen längeren Zeitraum ein, war die Fischzeit passé und man zog Rinderragout vor. In diesen Momenten wurde uns schonungslos klar, dass Hundebesitzer Herrchen bzw. Frauchen sind, Katzenbesitzer jedoch lediglich Personal.

Nach diesem kleinen gedanklichen Ausflug komme ich nun wieder auf unsere Pechmarie zurück. Bienchen war gerade mal einige Tage im Haus, als sie auch schon ihren ersten Unfall er- und überlebte. Ich hatte in der Besenkammer zu tun und wollte anschließend die Türe schließen. In dem Moment traf mich ein markerschütternder Schrei mitten ins Herz und fast gleichzeitig plumpste Bienchen aus zwei Metern Höhe vor meine Füße. Sie hatte unbemerkt den Kratzbaum erklommen und war von dort auf die geöffnete Türe gesprungen. Nichtsahnend, was da hinter meinem Rücken passiert war, schloss ich diese und klemmte unbeabsichtigt Bienchens Pfote ein. Zu tiefst erschrocken fing ich das fliehende Kätzchen ein, untersuchte das Gott sei Dank nicht gebrochene Pfötchen und murmelte ihr schuldbewusst tausend Entschuldigungen ins Ohr.

Ein anderes Mal fegte ich die Küche und glaubte die gesamte Katzenbande im Wohnzimmer, also in sicherer Entfernung. Gedankenverloren holte ich schwungvoll mit dem Besen aus, als Bienchen auf leisen Sohlen aber mit Tempo um die Ecke flog und ein Zusammenstoß mit dem Besen nicht mehr zu verhindern war. Wieder Schrecken und Jammern auf der einen und schlechtes Gewissen und Bitten um Verzeihung auf der anderen Seite.

Noch schlimmer kam es, als nach neun Monaten die Sterilisation unserer beiden Katzenmädchen anstand. Einige Stunden nach dem Eingriff holten wir zwei matte, noch leicht narkotisierte Geschöpfe nach Hause und warteten neben ihnen sitzend auf ihr völliges Erwachen. Robby gesellte sich ebenfalls zu uns und betrachtete sorgenvoll seine beiden torkelnden Gefährtinnen, die sich so merkwürdig benahmen und so fremd rochen, dass er sie überhaupt nicht mit Röschen und Bienchen in Verbindung bringen konnte. Musste er sich da etwa schon wieder mit neuen Mitbewohnern auseinandersetzen?

Röschen war, wie zu erwarten, als Erste wieder auf den Beinen und hatte mit der Narbe keinerlei Probleme. Sie machte sogar den Eindruck, als ob sie überhaupt nichts von der ganzen Prozedur bemerkt hätte und suchte nach ihrem Futternapf. Bienchen dagegen hatte noch nicht alle Sinne beisammen, als sie schon anfing, die Narbe heftigst abzulecken und die Fäden rabiat zu bearbeiten. Auf Anraten der sofort telefonisch zu Rate gezogenen Tierärztin stülpten wir Biene eine Tüte über den Kopf, die weiteres Unheil verhindern sollte. Mitsamt dieser Tüte stürzte Bienchen in höchster Panik davon, stieß wegen der eingeengten Sicht gegen alles, was im Wege stand und gebärdete sich wie wild. Das war jedenfalls keine Lösung! Nach ihrer Befreiung von dem Ungeheuer Tüte knabberte sie wieder hektisch an den Fäden. Wir versuchten es mit einem Körperverband, dessen sie sich wie ein Entfesselungsartist schneller entledigte als wir ihn ihr angelegt hatten. So wechselten wir uns halbstündlich ab, Biene wie einen Schatten zu verfolgen und sie von der Narbe abzulenken sobald sie sich daran zu schaffen machte.

Durch ihre Hartnäckigkeit hatte sie es trotz unserer Maßnahmen schließlich doch geschafft, die Narbe aufzureißen, und wir brachten das blutende Tier auf schnellstem Wege zur Ärztin, die glücklicherweise auch am Wochenende zu erreichen war. Dieses Mal wurde die Wunde geklammert, was einen Erfolg zwar eher in Aussicht stellte, aber nicht garantierte. Die folgenden Tage waren anstrengend und Biene wurde pausenlos weiterhin von uns abwechselnd beschattet. Nachdem zu guter Letzt alles auch noch eitrig wurde, kam sehr schleppend der Heilungsprozess in Gang und einige Wochen später konnten die Klammern endlich entfernt werden. Das war überstanden!

Es reichte kaum zum Aufatmen, als sich bereits das nächste Unglück anbahnte.

Bienchen begrüßte uns eines Morgens nur noch einäugig. Das linke Auge war dick geschwollen, das Lid fest geschlossen, und Tränen verklebten das Fell rund um das Auge. Wir erklärten uns ihren Zustand mit einem nächtlichen Gerangel zwischen Geschwistern, was hin und wieder vorkam, nichts Besonderes war und meist schnell wieder heilte. Leider war es dieses Mal der Anfang eines Jahre dauernden Leidensweges, der uns alle ziemlich demoralisieren sollte.

Die Tierärztin sah zunächst keinen größeren Handlungsbedarf und verpasste ihr Spritzen gegen Entzündungen und zum Aufbau, deren Dosis mit der Zeit immer höher wurde, ohne jedoch sichtbaren Erfolg zu erzielen. Das Fell um das Auge herum fiel aus und verschlimmerte den optischen Eindruck des dick geschwollenen Augenrandes noch mehr. Wir suchten Rat bei einem Augenspezialisten, der Biene sofort operieren wollte, um sie vor einer Erblindung zu bewahren. Seiner Meinung nach hatte die Erkrankung nichts mit einer eventuellen Verletzung zu tun. Da uns die Erfahrung gelehrt hatte, dass sich bei Bienchen grundsätzlich Komplikationen einstellen würden, kam für uns eine Operation nicht in Frage. Schließlich bekam sie auch noch eine große kahle Stelle am Bauch und nestartig angeordnete, aus vielen winzigen schwarzen Punkten bestehende Gebilde, die sich hauptsächlich unterhalb des Mäulchens hartnäckig im Fell festsetzten.

Das Fell wurde stumpf und struppig, der Appetit ließ wieder nach, und es war unübersehbar, dass irgendeine heimtückische Krankheit in dem kleinen Körper tobte. Eigenartigerweise benahm sie sich ansonsten sehr normal. Sie spielte und tobte mit den anderen und fühlte sich offensichtlich in keiner Weise beeinträchtigt.

Anna, eine gute Freundin und Heilpraktikerin von Beruf, stellte mehrere Untersuchungen an und gab uns daraufhin verschiedene Pillen und Salben mit genauer Gebrauchsanweisung und dem Hinweis, viel Geduld aufzubringen. Bienchen wurde nun morgens, mittags und abends über viele Wochen verarztet, mit dem alsbaldigen Ergebnis, dass sie morgens, mittags und abends auf die oberste Etage des Kratzbaumes flüchtete und hoffte, die Prozedur möge wegen Unerreichbarkeit der Patientin ausfallen. Niemand von uns hatte auch nur einen Funken Hoffnung auf Erfolg, aber aus einem anerzogenen Pflichtgefühl heraus hielten wir stur durch. Nach Monaten stellten wir dann erstaunt fest, dass sich das Fell an den kahlen Stellen langsam und fast unmerklich erneuert und insgesamt einen seidigen Glanz bekommen hatte. Die mysteriösen schwarzen Nester wurden kleiner und verschwanden schließlich ganz. Zuletzt war auch die Augenschwellung abgeklungen und auf der Pupille blieb lediglich ein kleiner dunkler Fleck zurück, der Bienchen anscheinend nicht weiter störte. Die Pillen konnten endlich abgesetzt werden und Biene hatte schnell begriffen, das ihr morgens, mittags und abends keine Gefahr mehr drohte.

Von nun an ging es bergauf! Bienchen-Fretti-Raffzahn entwickelte sich zu einer tollkühnen Akrobatin und wäre sicher von jedem Zirkus gerne engagiert worden. Nichts liebte sie mehr, als in die Luft geworfen und wieder aufgefangen zu werden ... und das immer und immer wieder. Leider setzte nach zehnfacher Wiederholung eine gewisse körperliche Ermattung unsererseits dieser Turnübung gewisse Grenzen und wir wichen auf das für uns Menschen weniger anstrengende Schiffschaukelspiel aus. Hierzu setzte sich Bienchen in einen Einkaufskorb und wurde hin und her geschaukelt. Je wilder es dabei zuging und je höher ihr Körbchen flog, desto begeisterter war sie. Sie duckte sich windschnittig wie ein erfahrener Motoradfahrer tief in den Korb, streckte die Nase weit vor in den Wind und nahm in dieser Haltung die Form einer kleinen Rakete an. Dieses Spiel konnte von ihr aus zeitlich unbegrenzt fortgesetzt werden. Da aber nicht ständig jemand zum Schaukeln zur Verfügung stehen konnte bauten wir ihr eine Schaukel. Wir knoteten an ihren Korb eine Schnur, die wir an einem Haken unter der Decke im Wohnzimmer befestigten, setzten Biene in den Korb und jeder, der zufällig vorbeikam hatte die Aufgabe, ihr einen Schubs zu geben. Sie fand es wunderbar. Allerdings gab es beim selbständigen Aus- und Einsteigen Schwierigkeiten insofern, dass der Korb nicht ruhig stehen blieb und sie manchmal heftig von ihm gestoßen wurde. Das empörte sie so sehr, dass wir diese Konstruktion entfernten und wieder zu oben beschriebener Schaukelart übergingen.

Sehr schnell hatte Bienchen erkannt, dass das Wochenende etwas Besonderes war und ihre Menschen es liebten, samstags und sonntags lange am Frühstückstisch zu sitzen und bei angeregten Gesprächen die Zeit vergaßen. Zufrieden schnurrend lag sie dann in ihrem Korb, den ich auf meinen Schoß gehoben hatte und sanft hin und herwiegte.

Sie genoß die einschläfernde Schaukelbewegung, die Laute unserer Stimmen und die sie umgebende Harmonie. Wir haben nie herausgefunden, wann sie genug davon hat, denn immer waren wir es, die nach zwei bis drei Stunden Bienes Zeit zwischen Tag und Traum beendeten, den Korb auf die Erde setzten und uns anderen Dingen zuwandten.

Eine weitere für Biene ganz typische Eigenart war es, unter etwas hindurchzuschlüpfen. Sobald einer ihrer Menschen mit angewinkelten Beinen auf der Erde saß und somit ein niedriger Durchgang entstand lief sie mit Ausdauer immer wieder darunter hin und her. Das verschaffte ihr den nun vollständigen Namen »Bienchen-Fretti-Raffzahn-Unten-durch«.

Die Stunden während ich an diesem Buch arbeitete verbrachten Robby, Röschen und Bienchen dösend in verschiedenen Körben.

Schreiben durfte ich übrigens nur in von den Katzen vorgegebenen Zeiten, also etwa vormittags zwischen neun Uhr und elf Uhr und nachmittags von vierzehn Uhr bis sechzehn Uhr.

Außerhalb dieser Zeiten wurde ich um Futter gebeten, zum Schmusen und Spielen aufgefordert, zum Öffnen von Türen angehalten, zum Ausflug auf den Balkon oder dem eine Etage höher liegenden Büro animiert oder einfach nur in Gespräche verwickelt. Die tägliche Wunschliste war lang und nicht immer verspürten alle drei Katzen gleichzeitig den Drang nach den gleichen Unternehmungen. Während Robby mit seiner Blecheimerstimme endlich bewirkt hatte, dass ich ihm den Balkon zugänglich machte, saß Bienchen penetrant bettelnd an der Wohnungseingangstüre, weil sie glaubte, nur noch im Büro ihr Glück finden zu können. Ich öffnete ihr also die Türe, und sie jagte wie ein Blitz die Treppe hinauf. Kaum hatte ich sie im Büro mit Futter und Wasser versorgt und mich davon überzeugt, dass auch der Zugang zu ihrer Toilette nicht verschlossen war, hörte ich auf halbem Weg zurück zur Wohnung, dass Röschen sich wegen Benachteiligung hinter der Türe lauthals beschwerte. Ich öffnete und ein vorwurfsvoller Blick sagte mir, dass sie eigentlich auch ins Büro wollte, aber eben nicht vor fünf Minuten, sondern jetzt. Ich brachte also auch Röschen nach oben, musste aber Bienchens Futter, das diese sowieso links liegen ließ, in Sicherheit bringen, denn Röschen fraß immer noch wie ein Krümelmonster und wurde dick und dicker. Glücklich, alle Katzenwünsche erfüllt zu haben, wandte ich mich der Eingangstür zu, um wieder in die Wohnung zu gehen. Dabei schlüpfte Röschen durch den geöffneten Türspalt an mir vorbei. Nachdem sie nämlich das Für und Wider eines Büroaufenthaltes ohne meine Anwesenheit in Erwägung gezogen hatte, entschied sie sich gegen das Büro und für das Zusammensein mit mir. Mit einem stillen Glücksgefühl stieg ich neben meiner kleinen Freundin die Treppe wieder hinunter.

Inzwischen hatte Robby seinen Balkon eingehend kontrolliert und nichts Außergewöhnliches oder gar Aufregendes festgestellt. Er wechselte in die Küche über und beäugte naserümpfend sein restliches Futter. Etwas Trockenfutter wäre jetzt angebracht und er versuchte, mir das klar zu machen. Mal wieder gab ich meinem Herzen einen Ruck, erfüllte ihm den Wunsch und wurde dafür von ihm als inkonsequent entlarvt. Dummerweise hatte Röschen Ohren wie ein Luchs und stand augenblicklich neben mir, um ihren Anteil zu fordern. Naja egal, sie war eh schon dick.

Nach einer Stunde musste ich nach Bienchen sehen und anfragen, ob sie im Büro genug gearbeitet hatte. Entweder zwängte sie ihr vorwurfsvolles Gesicht mit klagendem Miauen bereits durch die kaum geöffnete Türe, um mir zu sagen, dass sie schon eine halbe Ewigkeit auf mich wartet oder sie lag auf dem Schreibtisch und war an einer Beendigung der derzeitigen Beschäftigung nicht interessiert. Im letzteren Fall ging ich also wieder und versicherte ihr, später nochmal vorzusprechen.

Ich kehrte also wieder in die Wohnung zurück, und schon bei deren Betreten traf meine Nase ein unverwechselbares Aroma. Robby! Er gab sich grundsätzlich nie mit seinem Geschäft ab und verließ geradezu fluchtartig den Ort des Geschehens. Ich stürzte zur Katzentoilette, hob das Corpus delicti schnellstens heraus und riss die Fenster auf, um eine weitere Ausbreitung des Duftes zu verhindern. Die Säuberungsaktion war gerade beendet, als heftiges Scharren im Badezimmer mir anzeigte, das die nächste Katze einer Putzfrau bedurfte. Röschen vergrub alles sehr gewissenhaft, das Streu flog über den Rand, verteilte sich im Badezimmer und ich eilte zwecks Reinigung mit Kehrschaufel und Besen hinzu, um zum ich weiß nicht wievielten Mal zu kehren.

Ein täglich sich wiederholendes Ritual war die Mittagsruhe. Wie das Herrschaften im vorgerückten Alter gerne zu tun pflegen, hatten wir es uns angewöhnt, mittags eine halbe Stunde zu schlafen. Ich verbrachte diese Zeit in Seitenlage mit angewinkelten Beinen auf einem zum Ausstrecken zu kurzen Sofa. Die Katzen lagen tief schlafend in diversen Körben. Kaum hatte ich jedoch meine eben beschriebene Position eingenommen trabten Bienchen und Röschen wie auf ein geheimes Kommando heran, um ihre Plätze einzunehmen. Bienchen sprang zu diesem Zwecke in Höhe meiner Knie auf das Sofa, tretelte dort eine Weile laut schnurrend auf der dort eigens für sie liegenden Decke herum um ihre Anwesenheit zu bekunden und rollte sich schließlich hinter meinen Kniekehlen zusammen, um dort, umgeben von meinen Beinen, wohlgeschützt wie in einem Nest ihren Mittagsschlaf aufzunehmen.

Röschen hüpfte, für ihren Umfang überraschend leichtfüßig, in Bauchhöhe auf die Couch, drehte sich mehrmals um sich selbst, um ganz sicher zu gehen, dass sie auch die absolut optimale Stellung gefunden hat, legte ihr Köpfchen auf meinen rechten Arm, ließ sich mit dem linken Arm fest umfassen, um sofort selig schnurrend zu entschlummern. Diese behagliche Zeit genossen Mensch und Tiere gleichermaßen, mit einem Unterschied, dass ich nicht so wunderbar schnurren konnte. Nach einer halben Stunde stahl ich mich davon, denn schließlich hatte ich noch einiges zu tun. Verständnislose Blicke wurden hinter mir hergeschickt, man streckte sich, drehte sich um und ließ sich augenblicklich von einer neuerlichen Schlafwelle davontragen. Robby schaute hin und wieder mal vorbei, hatte aber sonst für diese Art Geselligkeit nichts übrig.

Es gab noch andere Dinge, die ich nie ohne Unterstützung durch eine oder mehrere Katzen tun konnte. Dazu gehörte das Telefonieren. Sobald ich das Telefon ansteuerte hüpfte Röschen übermütig vor mir her und sprang erwartungsvoll auf die Couch neben dem Apparat, auf die ich mich erfahrungsgemäß gleich setzen würde. Besonders liebte sie die langen Gespräche, die ihr eine ungestörte Zeit, zusammengerollt auf meinem Schoß, sicherten. Wenn ich dann noch gedankenverloren in ihrem Fell kraulte, steigerte sich ihr Schnurren zu einem furiosen Crescendo. Dagegen machte sich maßlose Enttäuschung breit, wenn ich lediglich eine telefonische Kurzinformation einholte oder weitergab. Sie musste dann wenigstens auf den Arm genommen und getröstet werden.

Besonders beliebt waren die Wochenenden, an welchen wir uns das Vergnügen erlaubten, den Kölner Stadt-Anzeiger in Ruhe von vorne bis hinten, einschließlich Klein- und Todesanzeigen, zu studieren, was während der Woche in dieser Ausführlichkeit wegen Zeitmangels unmöglich war.

Ich weiß nicht, ob das raschelnde Papier oder vielleicht doch der Inhalt der Artikel alle drei Katzen magisch anzog, so dass sich um meinen Sessel herum eine interessierte Leserschaft versammelte. Röschen nahm für sich selbstverständlich das Privileg in Anspruch, auf meinen Schoß zu springen, um die Neuigkeiten als Erste in Augenschein zu nehmen. Bienchen beäugte während dessen ihre Schwester erwartungsvoll und hoffte wohl, von ihr über Neues in Politik und Wirtschaft informiert zu werden. Robby, total desinteressiert an Kartoffelpreisen, Kulturveranstaltungen, öffentlichen Bekanntmachungen und Ladenöffnungszeiten, mischte sich ungeduldig mit seiner Blecheimerstimme ein und forderte, die bereits gelesenen

Seiten auf die Erde zu legen, weil man darauf so herrlich schlafen konnte.

So oder zumindest sehr ähnlich spielte sich das Ritual des Zeitunglesens wöchentlich ab.

Besuch

Jeder Katzenbesitzer weiß, dass Taschen, Tüten, Beutel, besonders wenn von Besuchern mitgebracht, eine besonders magische Anziehungskraft auf Katzen ausüben. Das traf in unserem Haushalt, wie sollte es anders sein, ganz besonders auf Röschen zu. Mit einer unglaublichen Ausdauer bewachte sie die mit fremden Gerüchen behafteten Behältnisse, schmuste liebevoll mit ihnen und schlief irgendwann erschöpft daneben ein, nicht ohne eine Pfote auf das fremde Gut zu legen, damit sie gegebenenfalls bei der Gefahr einer Entwendung sofort aktiv werden konnte.

Bienchen fand Taschen doof. Wenn sie sich Besuchern überhaupt näherte, dann nur, um ihre bereits beschriebene »Untendurch-Masche« durchzuziehen. Von einer dritten Katze wussten die wenigsten Gäste, denn Robby wurde unsichtbar, sobald es klingelte und verharrte in diesem Zustand, bis die letzte fremde Person die Haustüre hinter sich geschlossen hatte.

Kürzlich waren Freunde zu Besuch und brachten, ohne uns vorzuwarnen, ihren Schäferhundmischling Daisy mit. Uns blieb das Herz stehen, als uns der Hund freudig entgegen sprang. Wir lieben beide Hunde sehr, ganz besonders Daisy, aber wir wussten nicht, wie unsere Katzen, die noch nie ein anderes Tier und schon gar keinen Hund zu Gesicht bekommen hatten, reagieren würden. Zunächst passierte nichts. Der Hund nahm artig im Wohnzimmer Platz, Robby war wie gewohnt unsichtbar, Röschen hatte geschäftlich im Badezimmer zu tun und Biene dachte nicht daran, ihren gemütlichen Platz auf meinem Bett aufzugeben.

Mit angehaltenem Atem, die Ohren nach Katzenart beweglich wie Radargeräte, alle Sinne angespannt, konnten wir kaum dem Gespräch unserer Freunde folgen, die unsere Aufregung nicht verstanden. Röschen hatte ihre Geschäft mittlerweile mit viel Lärm verscharrt, und ihr schwarzes Gesicht erschien neugierig in der halb geöffneten Türe.

Biene, die nun ebenfalls herausfinden wollte, wer da zu Besuch gekommen war, erschien neben ihrer Schwester im Türrahmen. Gleichzeitig und wie vom Blitz getroffen erstarrten beide zu Statuen, als sie Daisy entdeckten. Alle Ohren, alle Barthaare, alle Aufmerksamkeit waren auf dieses unbekannte Wesen gerichtet, welches ihnen seinerseits überrascht, aber keineswegs erschrocken, entgegen sah. Es muss erwähnt werden, dass Daisy bereits Erfahrung im Umgang mit anderen Tieren, insbesondere mit Katzen, vorweisen konnte. Während der Hund ruhig liegen blieb, schoben sich die Katzen vorsichtig Zentimeter für Zentimeter auf ihn zu, jederzeit aber zum blitzschnellen Rückzug bereit. Im Zeitlupentempo näherte sich die kleine Karawane, das mutige Bienchen natürlich vorne weg, dicht gefolgt von Röschen, geduckt und alle Sinne zum Zerreißen angespannt, dem Unbekannten. Dieser blieb weiterhin unbeweglich liegen, was die beiden so mutig werden ließ, dass sie schließlich mit ihren Nasen fast an Daisy's Nase stubsten. Erst kurz vor einer Berührung erwachte Biene wie aus einer Trance, zuckte, entsetzt über ihre eigene Courage, zurück, überrannte das hinter ihr stehende Röschen und floh Hals über Kopf aus dem Zimmer. Röschen, immer etwas schwerfälliger, sah sich plötzlich dem Fremden alleine gegenüber und ergriff Sekunden später ebenfalls kopflos die Flucht. Daisy fand die Aufregung ziemlich übertrieben und wartete gelassen ab. Die Katzen, einerseits angenehm überrascht von der Tatsache, dass der Unhold sie nicht verfolgte, und andererseits geplagt von Neugierde, erschienen nun schon etwas lockerer in der Türe. Der eben beschriebene Ablauf wiederholte sich mehrmals in abgeschwächter Form bis Daisy aufstand und die Katzen schwanzwedelnd begrüßen wollte. Erschrocken über die Größe des Hundes und seine unerwarteten Bewegungen prallten die Katzen zurück und wurden die nächsten Minuten nicht mehr gesichtet. Doch weder Röschen noch Bienchen konnten sich dem Magnet »Hund« entziehen. Nachdem sie sich offenbar gegenseitig Mut zugesprochen hatten folgte ein weiterer Versuch, und dieses Mal schauten sie mutig, fast trotzig, dem Gegner ins Auge und fanden ihn gar nicht unsympathisch. Kurz gesagt, der Bann war gebrochen, Hund und Katzen, letztere zunächst noch mit einem leisen Frösteln, beschnupperten sich gegenseitig, umkreisten sich skeptisch, betasteten sich vorsichtig mit den Pfoten und hatten den ganzen Abend so viel miteinander zu tun, dass wir Menschen uns endlich relativ entspannt unserer Unterhaltung zuwenden konnten.

Alles für die Katz!

Ein Besucher, der unsere Wohnung betrat, wurde sofort durch hundert Kleinigkeiten darüber informiert, dass es sich hier um einen Katzenhaushalt handelte.

Im Wohnzimmer nahm ein überdimensionaler Korb einen nicht unerheblichen Teil des Raumes ein. Dieser Korb war urspünglich für alle drei Katzen gleichzeitig gedacht (wie unüberlegt von uns!), wurde aber im anscheinend genau abgesprochenen und eingeteilten Zeitrhythmus von immer nur einer Katze bewohnt. Er diente nicht nur als Schlafstatt, sondern war auch Sammeldepot für allerlei beliebtes Spielzeug wie Bälle, Fellmäuse, Glöckchen am Band, Korken, zusammengeknülltes Schokoladenpapier, Wollknäuel und einer Spieluhr, die, wenn man bis zum Anschlag an einem Band zog, unermüdlich »Stille Nacht, Heilige Nacht« erklingen ließ. Warum ausgerechnet eine Spieluhr mit dem beliebtesten aller deutschen Weihnachtslieder im Katzenkorb gelandet war und bei uns jederzeit im Jahr, sogar bei 35° im Schatten, für Weihnachtsstimmung sorgte, ist mir entfallen.

Weitere Körbe und Körbchen fanden sich in allen Räumen der Wohnung, wobei nochmals zu bemerken ist, dass der kleinste Korb, etwa einem Brotkorb vergleichbar, von der mittlerweile dicksten Katze, nämlich Röschen, beansprucht und verteidigt wurde. Sie legte allergrößten Wert auf die alleinige Nutzung.

Auf dem Sofa im Bücherzimmer wurde nachmittags eine kuschelige weiche Decke ausgebreitet, auf welcher Röschen und Bienchen löffelchenliegend den Nachmittag zu verschlafen pflegten. Abends war dieser Platz nicht mehr gefragt, die Decke wurde entfernt und die Menschen dieses Haushalts durften sich dann zum Lesen oder Fernsehen hier niederlassen.

Robby liebte die kühle Glätte der Ledergarnitur im Wohnzimmer, die grundsätzlich ab 12.30 Uhr für uns tabu war und die er aufsuchte, nachdem er den Vormittag in seiner Keramikschüssel in der Küche oder auf den Höhen des Kratzbaumes verbracht hatte.

Ach ja, der Kratzbaum !! Bis vor kurzem bestand er aus einem mit Teppichboden bezogenen raumhohen Stamm, der oben in zwei höhenversetzten Aussichtsplateaus endete, groß genug, um sich als Katze in voller Länge und Breite ausstrecken zu können. Der Baum wurde gerne ausgiebig zum Kratzen und als Möglichkeit genutzt, die Revierübersicht zu behalten. Von der obersten Etage konnten die Katzen auf den Küchenschrank springen, von dort die Ebene eines Unterschrankes erreichen und dann bequem auf dem Boden landen. Für uns hörte es sich je nach Gewicht der Katze an, als ob eine Pflaume bzw. ein dicker Apfel vom Baum fiele.

Irgendwann haben wir, was in einem Architektenhaushalt nicht ungewöhnlich ist, angebaut und an höchster Stelle des Kratzbaumes diesen um zwei Höhlen erweitert. Nach langer Planungsphase und vielseitigen Überlegungen wurden die Höhlen aus Holz fachgerecht gezimmert, innen mit Teppich ausgekleidet, mit zur Reinigung abnehmbaren Dächern gedeckt und vorne mit einem Eingang versehen, durch den eine Katze eben hindurch passte.

Wir waren ja so gespannt, wer als Erster die Luxus-Behausungen entdecken und beziehen würde. Zu unserer großen Enttäuschung wurde die Neuerung zuerst überhaupt nicht bemerkt und später hartnäckig ignoriert.

Einige Wochen nach dieser Erfahrung suchten wir händeringend nach Robby. In meiner zugegebenermaßen etwas zur Hysterie neigenden Art sah ich ihn schon vor meinem geistigen Auge vom Balkon stürzen und sich schwer verletzt in einen Unterschlupf schleppen, um dort einsam und verlassen seinem Ende entgegen zu dämmern. Zum hundertsten Mal durchsuchten wir die Wohnung und es gab kein Versteck mehr, das wir nicht mehrmals durchsucht hatten. Plötzlich war Robby's Blecheimerstimme zu hören und wir schauten in die Richtung, aus der das Geräusch kam … nach oben. Sein freundliches, breites, etwas verschlafenes Gesichtchen erschien im Eingang der größeren Höhle und er vermeldete stolz die erfolgreiche Inbesitznahme seines neuen Eigenheimes.

Von dem Tag an wohnte Robby, unbehelligt von der restlichen Katzenbande, täglich von 9.00 Uhr bis mittags und manchmal auch nachmittags in seinem Penthouse, bis … ja bis Bienchen Ansprüche auf eben diese Höhle anmeldete. Das kleinere, noch unbezogene und für ihre Größe vollkommen ausreichende Haus interessierte sie nicht, und so entstand täglich Unruhe auf dem Kratzbaum. Biene setzte sich vor die Öffnung und starrte so lange ins Dunkel der Behausung, bis Robby entweder das Feld räumte, oder Biene klar wurde, dass diese Methode heute keine erfolgreiche Wirkung zeigte. Im letzteren Fall trollte sie sich und sprach später noch einmal vor.

Wir waren sehr glücklich über Robby's Interesse an der neuen Wohnmöglichkeit, denn er hatte körperlich sehr abgebaut. Solange er jedoch mit Schwung den von ihm neu entdeckten Kratzbaum erklomm, machten wir uns um ihn noch keine größeren Sorgen.

Bienchen nutzte das Baumhaus nicht nur zum Ruhen, sondern hatte begriffen, dass sie sich durch Flucht in die Höhle sehr sicher der morgendlichen Prozedur des Bürstens entziehen konnte. Während ich Robby und Röschen begrüßte und wir dann zur täglichen Fellpflege schritten, blieb Bienchen unsichtbar.

Erst wenn wir uns an den Frühstückstisch setzten, und sie wusste ganz genau, dass wir dann keine Gefahr mehr für sie waren, verließ sie die Höhle, putzte sich geziert, sprang betont gelassen vom Baum und begann ihren Tag.

Röschen konnte das Getue um die neuen Behausungen überhaupt nicht verstehen. Sie erklomm zwar hin und wieder, entweder aus Neugierde oder aus dem seltenen Wunsch nach Bewegung heraus, den Kratzbaum, aber eine regelmäßige Aktion machte sie nie daraus. Anstrengungen verabscheute sie zutiefst.

Weitere deutliche Hinweise auf das Vorhandensein von Katzen waren an einem Sesselbezug, zwei Teppichen und einer Wandecke in der Diele verewigt. Obwohl die Katzen nicht oft ihre Krallen an den beschriebenen Stellen wetzten, ließen sich die Spuren mit den Jahren nicht ganz verhindern. Der Sessel wurde nach Jahren wegen Unansehnlichkeit neu bezogen, jedoch erneut von den Katzen in Arbeit genommen, die Teppiche ignorierten wir großzügig und die Wand musste bis zur nächsten Generalrenovierung warten, da eine Ausbesserung durch immer wieder aufgeklebte Tapetenflecken sie allmählich nur dicker aber nicht unbedingt schöner werden ließ. Aber was soll's, im Vergleich zu anderen uns bekannten Katzenhaushalten konnten wir uns wirklich nicht beklagen. Lediglich die räumliche Einschränkung im Badezimmer nervte manchmal. Die ziemlich voluminöse Katzentoilette, immerhin diente sie drei ausgewachsenen Katzen, stand unter dem Waschtisch und behinderte den sich pflegenden Menschen insofern, als er beim Händewaschen gezwungenermaßen eine etwas unbequeme Haltung einnehmen musste. Außerdem hatte man ständig knirschende Sandkörnchen unter den Schuhen bzw. pieksende Steinchen unter den blanken Füssen, weil bis auf Robby, alle Katzen ihrem extremen Sauberkeitstrieb nachzukommen pflegten und heftigst ihr »Geschäft« verscharrten, so dass das Streu nur so über den Rand flog. Es half überhaupt nichts, wenn man als Mensch seinerseits den Wunsch nach Sauberkeit zu erfüllen versuchte und pro forma halbstündlich die Umgebung der Katzenkiste überprüfte und bei Bedarf säuberte.

Aber genau dann, wenn ein ahnungsloser Gast das Badezimmer betrat, sah es dort so aus, als ob er sich in den Sandkasten eines Kinderspielplatzes verirrt hätte. Das war, je nach dem um wen es sich handelte, manchmal recht unangenehm.

Noch peinlicher war es jedoch, wenn Robby aktiv war. Er hielt es seit Jahren für absolut unnötig, sein Geschäft, ob groß oder klein, zu verscharren und verließ nach getaner Arbeit fröhlich und ohne sich umzusehen den Ort und seine Hinterlassenschaft. Dass nach kurzer Zeit ein unverkennbarer Geruch durch die Wohnung zog fand er nicht weiter erwähnenswert, denn das war Sache des Personals.

Unter den Ausspruch »alles für die Katz« fiel auch die Tatsache, dass die Türe einer Glasvitrine grundsätzlich offen zu stehen hatte. Diese Vitrine beinhaltete eine Geigensammlung, die wegen ihrer empfindlichen Hölzer eine höhere Luftfeuchtigkeit benötigte. Zu diesem Zweck stand im untersten Fach eine große Wasserschale, deren Inhalt durch Verdunstung die Geigen mit der entsprechenden Feuchtigkeit versorgte. Röschen aber glaubte fest daran, dass die Schüssel von uns freundlicherweise für sie als weiteres Trinkwasserdepot aufgestellt worden war. Sie achtete peinlich genau darauf, dass der Türspalt immer so breit war, um bequem in die Vitrine schlüpfen zu können. Wurde die Türe versehentlich geschlossen oder wurde vergessen, frisches Wasser nachzufüllen, saß Röschen penetrant kratzend vor der Glastüre , bis einer ihrer Menschen begriff und umgehend für einen ungehinderten Zugang zu einer mit Wasser gefüllten Schale sorgte.

Im Schlafzimmer, einst zur katzenfreien Zone erklärter Raum, wurden die Federbetten zur Schonung derselben tagsüber mit waschbaren Baumwolllaken abgedeckt, um die lästigen Katzenhaare und sonstige Verschmutzungen fernzuhalten. Leider wurden die Betten von den Katzen oft zum hemmungslosen Toben missbraucht und die Laken oft so zerwühlt, dass sie ihre ursprüngliche Aufgabe nicht mehr erfüllen konnten. Besonders Fretti (Bienchen) fand es viel spannender, sich nicht auf das Laken zu legen, sondern darunter zu kriechen und so für die Umwelt unsichtbar zu sein. Somit waren also auch die Laken im wahrsten Sinne des Wortes »für die Katz«.

Verschwunden

Eine Unart, die mich so manches Mal zur Verzweiflung trieb, war die ausgeprägte Fähigkeit aller drei Katzen, vom Erdboden einfach zu verschwinden. Wie oft habe ich jede einzelne von ihnen gesucht, gerufen, mit Leckerchen gelockt, bei hartnäckigem Misserfolg auch mit Drohungen und Verwünschungen bedacht. Am ärgerlichsten in diesen Situationen war das Wissen, dass man mich von irgendeinem geheimen Aussichtspunkt aus schmunzelnd beobachtete und das Vergnügen auf Seiten der Gesuchten um so größer war, je ungeduldiger ich wurde. Man war sich nie ganz sicher, ob es sich mal wieder um ein Spiel der Katzen handelte, dann hätte man sie enttäuschen können indem man sie einfach ignorierte. Es ist aber schon vorgekommen, dass es den Vermissten aus Gründen höherer Gewalt unmöglich war, dem Ruf ihrer Menschen zu folgen. Bienchen-Untendurch wurde z. B. versehentlich auf dem Balkon ausgeschlossen und Robby, die gute Seele, zeigte uns nach endloser Suche durch auffälliges Sitzen vor der Balkontüre und permanentes Starren in die Dunkelheit Bienchens Verbleib. Fretti verbrachte auch schon ganze Tatortkrimiabende in der Kleiderkammer oder im Abstellraum, weil wir die Türen geschlossen hatten, ohne uns zu vergewissern, ob die Familie vollzählig war.

Am schlimmsten erging es Röschen. Wir Menschen wollten ausgehen, hatten unsere Garderobe aus dem Schrank geholt, diesen wahrscheinlich kurze Zeit unbeaufsichtigt offen stehen lassen und ihn vor dem Fortgehen wieder geschlossen. Die Zeit drängte, die Katzen hatten wir eben vor drei Minuten noch durchgezählt, wiederholten diese Prozedur also nicht noch einmal und verließen die Wohnung.

Nach einem schönen Abend kehrten wir gut gelaunt zurück und wunderten uns über ein unvollständiges Empfangskomitee. Ausgerechnet Röschen fehlte. Sie, die doch aus jeder Heimkehr ihrer Menschen ein Fest zu machen pflegte. Wir riefen und suchten und ... hörten das schwache Klappern einer Schranktüre. Ein schlimmer Verdacht stieg in uns auf. Im Schlafzimmer entdeckten wir unser Röschen, wie sie sich mit letzter Kraft im Schrankinneren an die Türe warf, um unsere Aufmerksamkeit auf sich zu lenken. Kaum hatten wir die Türe geöffnet, stürzte sie uns klagend aus ihrer dunklen mehrstündigen Gefangenschaft entgegen. Ach, was für eine Panik musste sie wohl überfallen haben. Ein Blick in den Kleiderschrank ließ uns das Ausmaß dieser Panik umgehend nachvollziehen. Sämtliche Sakkos, darunter sündhaft teure Anschaffungen, versehen mit wohlklingenden Designernamen der exklusiven Modewelt, waren demoliert. Edle Tuche, bisher wundervoll anzusehen und anzufühlen, befanden sich in einem bedauernswerten Zustand und die Identifizierung war schwer und schmerzvoll. Fransen aus Kaschmir, Seide und sonstigen edlen Materialien hingen von den Ärmeln, Rückenpartien und Schultern. Selbst ein Altkleidersammler hätte die Annahme dankend abgelehnt. Kurz und gut, das eine oder andere Stück wurde mit viel Aufwand repariert, einiges wurde entsorgt. Größte Angst hatten wir aber um Röschens zarte Seele, die vielleicht durch dieses alptraumartige Erlebnis für alle Zeiten Schaden genommen hatte.

Die nächsten Tage hielt sie sich konsequent von allen Schränken fern, aber schon nach einer Woche sah ich gerade noch, wie ein schwarzes Schwanzende in dem bewussten Schrank verschwand. Ihre »zarte Seele« war also unbeschadet geblieben, dafür hatte »nur« die Seele des Besitzers der ruinierten Sakkos einen heftigen Knax bekommen.

Eine andere Episode ereignete sich während einer unserer Urlaubsreisen und brachte unsere Katzensitterin Irmgard nahezu zur Verzweiflung.

Wie immer während unserer Abwesenheit kam sie zuverlässig mehrmals am Tag zum Füttern, Streicheln, Spielen und Verwöhnen der Katzenbande und war sich ganz sicher, dass sie beim letzten Verlassen der Wohnung die vollständige Katzenhorde im gesunden Zustand verabschiedet hatte. Beim nächsten Besuch wurde sie jedoch nur von Robby und Röschen empfangen, und Bienchen blieb trotz Rufen und Locken und Einsatz aller üblicherweise erfolgreichen Mittel unsichtbar. Beunruhigt stellte Irmgard die gesamte Wohnung systematisch auf den Kopf und ließ die unmöglichsten Stellen, wie z. B. den Freiraum hinter den Zeitschriften und den Büchern im Wandregal, das Innere großer Blumenvasen oder die Fächer im Küchenschrank zwischen den Nudeln, dem Puddingpulver und den Konservendosen nicht unbehelligt.

Biene blieb verschwunden, und Robby und Röschen hätten gerne bei der Suche geholfen, waren aber ebenso ratlos.

Im Schlafzimmer, die Betten waren wie immer mit einem

Tuch gegen Verschmutzung durch Katzenhaare abgedeckt, blieb ihr Blick auf einer kleinen, fast unmerklichen Beule hängen, die wie sie glaubte, undeutlich Bienchens Umrisse erkennen ließ. Da die Beule kein Zeichen einer Atmung durch gleichmäßiges Auf und Ab, ja nicht einmal das leiseste Zittern zeigte, hatte Irmgard nicht den Mut, unter die Decke zu sehen. Unter schlimmsten Ahnungen telefonierte sie ihren Sohn herbei, der auch umgehend zu Hilfe kam. Vorsichtig zog er die Decke weg und zu aller Erleichterung kam ein sehr verschlafenes aber durchaus lebendiges Bienchen zum Vorschein.

Arme Irmgard! Diese Aufregung hatte sie, die immer so liebevoll mit allen unseren Katzen umging, wirklich nicht verdient.

Familienzuwachs

Unsere Katzen waren mittlerweile vier Jahre alt und bisher immer der absolute Mittelpunkt in unserem Tagesablauf.

Mit der Geburt unserer Enkelin Zoe kamen ganz neue Erfahrungen in unser Leben und auch in das unserer Katzen.

Zoe wurde zunächst hin und wieder als handliches kleines, meist schlafendes Päckchen bei uns abgegeben und fiel den Katzen so wenig auf, wie ein Stapel schrankfertiger duftender Bügelwäsche, die abgelegt worden war, um später in diverse Schränke geordnet zu werden.

Die erste Zeit lag sie entweder auf dem Sofa oder ich trug sie auf dem Arm spazieren und beobachtete das friedliche liebe Gesichtchen, mit den anfänglich fast immer geschlossenen Augen. Irgendwann kam Bewegung in das kleine Bündelchen und das erste Krähen ließ die Katzen erschrocken aufhorchen. Dieses Geräusche kannten sie nicht und so musste umgehend dessen Herkunft erforscht werden. Ich setzte mich mit Zoe im Arm auf die Erde und alle Katzen kamen zögernd aber neugierig näher. Sie schnupperten interessiert an der Verpackung des fremden Lebewesens, aber zuckten sofort zurück, als es sich bewegte und ergriffen die Flucht, als ihm Geräusche entwichen. Erst nach und nach gewöhnten sie sich an den Neuzugang. Meinen Erklärungen, dass alle Menschen einmal so klein angefangen haben, folgten sie mit ungläubigem Staunen und waren schließlich beruhigt darüber, dass sie sich außer Gefahr befanden. Wenn Zoe allerdings weinte, was sehr selten vorkam, begaben sie sich vorsichtshalber lieber doch in Sicherheit. Man konnte ja nie wissen!

Im Laufe der Zeit und unter Einhaltung einer Bannmeile beobachteten die Katzen wie Zoe gewickelt wurde und dabei fröhlich mit den Beinchen strampelte, wie sie mit sehr interessant duftenden Dingen gefüttert wurde, wie sie entwaffnend lachen aber auch herzzerreißend weinen konnte. Unser Katzentrio wurde immer zutraulicher. Lediglich der Geruch, der hin und wieder Zoes Windeln entströmte, ließ sie naserümpfend etwas Abstand von dem Kind nehmen, bis es wieder frisch und angenehm duftete.

Als Zoe im Krabbelalter war und unglaubliche Fertigkeiten in dieser Fortbewegungsart entwickelte, wurde das Leben für Bienchen, Röschen und Robby ein wenig anstrengender. Diese ungewöhnliche Dynamik war ihnen manchmal zu heftig und so distanzierten sie sich sicherheitshalber.

Die Zeit machte einen Satz und schon bald fing Zoe an, sich begeistert und kreativ mit ihrer näheren Umgebung auseinanderzusetzen. Sie liebte es sehr, Zeitschriften und alles Papierene, wobei sie keinen Unterschied zwischen »wichtig« und »unwichtig« machte, aus dem unteren Fach eines Regals zu ziehen und mit Hingabe zu zerreissen, bis sie von Papierschnipseln umgeben war, was wiederum den Katzen sehr gefiel, denn diese Tätigkeit entsprach auch ihren eigenen Vorstellungen von sinnvollem Zeitvertreib.

Sie spielte mit ihren Bauklötzen und ließ Türme wachsen, die sie anschließend, zum Missfallen der Katzen, mit viel Getöse wieder zum Einsturz brachte. Eine ganz besondere Vorliebe hatte sie für Siebe, Pfannen und Töpfe, Besteck, Kochlöffel und andere Küchenutensilien, mit denen sie zunächst auf dem Teppich sitzend »Kochen« spielte. Später stand sie konzentriert an Ihrem Holzherd, setzte Töpfe und Pfannen auf die Herdplatten, rührte in Schüsseln, schob Bleche mit Leckereien in den Backofen und bekochte die ganze Familie mit imaginären Köstlichkeiten. Die Katzen beobachteten alle ihre Unternehmungen manchmal mit Neugier und Interesse, oft aber auch verständnislos kopfschüttelnd.

Irgendwann übte Zoe den aufrechten Gang, zunächst zwar wackelig und auf Stühle, Sessel, Tische als Stützen angewiesen, aber ziemlich schnell recht erfolgreich. Nachdem sie eine gewisse Standfestigkeit erreicht hatte, wurden ihre Freizeitbeschäftigungen durch fröhliches Hopsen und Tanzen mit und ohne Partner, und gerne mit Publikum, erweitert. Den Partner gab ich ab und das Publikum waren die Katzen.

Später kamen Rollenspiele dazu, wobei »Party« und »Geburtstag« ihre absoluten Lieblingsspiele waren. Nach der gefühlt tausendsten Wiederholung verdrehten die Katzen genervt die Augen und zogen sich an einen mir unbekannten Ort zurück, um sich für eine Weile unsichtbar zu machen.

Gerne wäre ich ihnen gefolgt, aber eine Party oder eine Geburtstagsfeier steht und fällt nun mal mit ihren Gästen, und diese Rolle war mir zugewiesen.

Um etwas Abwechslung im Spielalltag bemüht, versuchte ich, Zoe einfache Gesellschaftsspiele schmackhaft zu machen. Leider haben solche Spiele auch Regeln, die sie aber grundsätzlich ablehnte und mit viel Einfallsreichtum ihre eigenen Regeln entwickelte, wobei natürlich der Sinn des Spieles vollkommen verloren ging. Bei dem kleinsten Einwand meinerseits reagierte sie unwirsch und erklärte das Spiel schmollend für beendet. Es erforderte viel Diplomatie und Fingerspitzengefühl um ihr Wohlwollen zurückzugewinnen. Hatte man diese prekäre Pulverfasssituation überstanden und sich ihrem Kommando erneut widerspruchslos unterworfen, wurde man von ihr in ihre phantasievolle Welt entführt und fand sich in den abenteuerlichsten Rollenspielen wieder. Hierbei wuchs sie über sich selbst hinaus.

Robby, Röschen und Bienchen hatten sich mit den Jahren an Zoes Besuche und ihre für sie manchmal merkwürdigen Spiele gewöhnt und wussten genau wann das Bleiben lohnend und wann eine Flucht ratsam war.

Wieder unter uns

Leider geht alles einmal vorbei, Zoe zog mit ihren Eltern in eine andere Stadt und ihre Besuche bei uns wurden seltener. Unsere Familie schrumpfte wieder auf zwei Erwachsene und drei Katzen, und der Alltag wurde ruhiger und berechenbar, zumal die Samtpfoten älter und behäbiger geworden waren.

Robby, mittlerweile vierzehn Jahre alt und wegen einer Lebererkrankung in ärztlicher Behandlung, war nicht mehr der prächtige Kater von einst. Sein dünner, schon fast ausgemergelter Körper litt unter Arthrose, die ihn besonders morgens in seinen Bewegungen sehr einschränkte, so dass er nur langsam und taumelnd in Gang kam. Glücklicherweise war sein Appetit noch immer erstaunlich gut und seine Vitaminpaste liebte er über alles.

Den Kratzbaum erklomm er nur noch selten, und er ließ sich lieber durch die Wohnung tragen. Er wurde dabei liebevoll gekrault und hörte hingebungsvoll schnurrend auf die leise in sein Ohr gesäuselten Worte seiner Menschen. Er lag gerne abends mit halb geschlossenen Lidern zwischen uns auf dem Sofa, genoss unsere Nähe und spitzte die Ohren bei den Geräuschen des Fernsehgerätes oder dem

Rascheln unserer Zeitungslektüre. Die Zeit mit ihm und die von ihm ausgehende Ruhe und Zufriedenheit genossen wir sehr bewusst, denn seine Zerbrechlichkeit ließ uns das gefürchtete Ende in nicht allzu ferner Zukunft schmerzlich ahnen.

Zwischendurch überraschte er uns aber immer wieder mit ausgesprochen jugendlichem Feuer. Ab und zu jagte er mit wilden Sätzen einem Ball nach, zeigte formvollendete Beutesprünge auf das gejagte Objekt, hielt es mit den Krallen fest, schubste es kraftvoll von sich, um wieder die Verfolgung aufzunehmen und es schließlich mit einem kräftigen Tatzenhieb zu erlegen. Das war eine Vorführung wie in alten Zeiten.

Bienchen brachte es hin und wieder mit ihrem Übermut fertig, ihn so lange aufzustacheln, bis das Fass überlief und er sie wütend quer durch die Wohnung verfolgte. Das bedeutete für Fretti schon mal den Verlust mehrerer Haarbüschel, worüber sie sich ihrerseits maßlos aufregen konnte.

Etwas ratlos reagierten wir Menschen bei seiner schon in frühen Jahren begonnenen, stark ausgeprägten Angewohnheit, täglich mehrmals übermütig mit seinen Pfoten in das Wasser seines Trinknapfes zu platschen, dass es nur so spritzte. Die Spur seiner nassen Pfoten auf Steinboden und Parkett ließen sich, wenn man Pech hatte, durch die ganze Wohnung verfolgen. Hatte man Glück betrat er alsbald einen Teppich und die Wasserspuren verloren sich gnädig in der saugenden Wolle.

Unser gemütliches Röschen entschloss sich vor einiger Zeit zu sportlichen Aktivitäten und apportierte ein Mäuschen, wie es ein Hund nicht besser könnte. Das Mäuschen in Form eines etwa fünfzehn Zentimeter langen und ein Zentimeter breiten Hosengummibandes, wie es für Unterwäsche u. ä. vorgesehen ist, wurde morgens von ihr als erstes hervorgekramt. Mit seltsam gepressten Lauten, denn sie musste mit zusammengebissenen Zähnen gleichzeitig schnurren und das Mäuschen festhalten, hörte man sie schon von weitem nahen. Nachdem sie uns die Maus als Geschenk vor die Füße gelegt hatte, erwartete sie unseren begeisterten Applaus, heftige Streicheleinheiten und die Versicherung, dass es auf der Welt keine zweite Katze mit so außergewöhnlichen Fähigkeiten gab. Nach einer kleinen Ewigkeit war sie des Lobes überdrüssig und wartete gespannt darauf, dass einer ihrer Menschen das Mäuschen wegschleuderte, um es dann zu verfolgen, einzufangen und schnellstens zurückzubringen. Röschen liebte dieses Spiel über alles und wurde selbst bei zwanzig Wiederholungen nicht müde. So kam es vor, dass wir unsere morgendliche Toilette zeitlich gesehen erheblich ausdehnen mussten, weil alleine zwischen dem Putzen der zweiunddreißig Zähne Röschen neunundzwanzigmal erschien und unseren Beifall einforderte. Das Spiel war meist dann zu Ende, wenn entweder Röschens Bedarf an Bewegung gedeckt oder das Mäuschen unerreichbar unter einem Schrank verschwunden war. In diese Art der sportlichen Betätigung wurden wir stets dann verwickelt, wenn wir eigentlich wenig Zeit hatten, also beim Kochen, Waschen, Bügeln oder eben Zähneputzen. Aber was ist das alles schon gegen eine apportierende Katze?!

Röschen machte uns von allen Dreien den geringsten Kummer. Sie war gesund, körperlich rund, seelisch ausgeglichen, hatte ein wunderschönes Fell ohne jegliche Neigung zum Verfilzen, je nach Lichteinfall stahlblaue bis kornblumenblaue Augen und war weder aggressiv noch zickig. Sie war einfach nur lieb und anhänglich. Allerdings hatte auch sie ihren ganz besonderen Tick. Seit langer Zeit hatte sie einen übermäßig starken Speichelfluss und daher immer einen Tropfen Wasser im nassen Fell unter ihrem Mäulchen hängen. Zunächst glaubten wir an das »Wasser-im-Mund-Zusammenlauf-Syndrom« vor dem Fressen. Dann hatten wir eher den Eindruck, dass die Ursache das wohlige Befinden beim Streicheln sein könnte. Da sie aber in jeder Lebenslage mehr oder weniger sabberte, haben wir das als »individuell« abgehakt und ihr auf Grund eines Wortspieles den Namen Rosi Sabberione gegeben, eine Verbindung des Verbes sabbern mit dem italienischen Dessert Zabaione. Nun konnte sie namenstechnisch betrachtet gelassen gegen Biene Fretti-Raffzahn-Untendurch antreten!

Fretti, unser ehemals immer krankes Kätzchen, das dem Tod oft näher stand als dem Leben, hatte sich im Alter von vier Jahren endgültig und mit vollem Einsatz für das Leben entschlossen und wurde eine humorvolle, freche, pfiffige, mutige, geradezu tollkühne, aber auch eigensinnige Katze, die unentwegt unterfordert zu sein schien. Sie hätte wahrscheinlich zu gerne Abenteuer in einem Garten bestanden, den wir ihr leider nicht bieten konnten. Unseren Balkon mussten wir ihretwegen mit einem Netz katzensicher machen, weil sie immer wieder auf das Balkongeländer sprang und, wie das Zucken ihrer Pfoten verriet, zu gerne die vorüberfliegenden Vogelscharen verfolgt hätte. Unsere Hinweise auf die Flugunfähigkeit einer Katze hielt sie für die absurde Erfindung ihrer Menschen und die Warnung vor der Gefahr eines Sturzes vom 2. Stock eines Altbaus überhörte sie geflissentlich.

Bei so viel Unternehmungslust kamen mir manchmal leise Zweifel, ob die Tiere, auch wenn man sie so liebte wie wir, wirklich in einer Etagenwohnung glücklich sein konnten oder ob der Freiheitsdrang die Wohnung zu einem Gefängnis werden ließ.

Aus diesen zweifelnden Gedanken wurde ich aber schnell erlöst, wenn eine der drei Samtpfoten auf meinen Schoß sprang und es sich dort zufrieden schnurrend gemütlich machte. Das sah nicht nach Unglück aus!

Neue Ziele

Im Oktober 2004, unsere Katzen Röschen und Bienchen waren mittlerweile acht Jahre, Robby vierzehn Jahre alt, beschlossen wir, übrigens auch nicht mehr die Jüngsten, unser Leben noch einmal total umzukrempeln.

Seit längerer Zeit hatte ich mich jeden Samstag intensiv und stundenlang in die Wochenendausgabe des Stadt-Anzeigers verbissen, um im Kleinanzeigenteil, speziell unter Immobilienangeboten nach einem außergewöhnlichen und dennoch bezahlbaren Einfamilienhaus zu suchen. Die Katzen hatten schnell verstanden, dass ich während dieser Lektüre nur in ganz dringenden Fällen ansprechbar war und machten es sich neben mir auf dem Sofa oder auf den achtlos auf den Boden verteilten Sportteilseiten meiner Zeitung bequem und beäugten mich skeptisch.

Sie beobachteten wie ich Inserate ankreuzte, mit Maklern und verkaufswilligen Hauseigentümern telefonierte und Stadtpläne der näheren und weiteren Umgebung studierte. Und sie hatten auch schnell begriffen, dass sie sich am morgigen Sonntag würden alleine unterhalten müssen, denn ihre Menschen würden dann zu den wöchentlichen Hausbesichtigungen aufbrechen. Weitere Konsequenzen konnten sie aber noch nicht überblicken. Diese Art von Wochenendbeschäftigung wiederholte sich über einen sehr langen Zeitraum, da die Versprechungen der Anbieter in den allermeisten Fällen nichts, aber auch garnichts mit der Realität zu tun hatten.

Natürlich hatten wir eine feste Vorstellung von unserem Traumobjekt. Wir suchten ein Haus mit großem Grundstück, altem Baumbestand, himmlischer Ruhe, im Umkreis bis zu 30 km von Köln entfernt, beeindruckender Fernsicht, guter Infrastruktur und natürlich nicht zu teuer. Da wir weder auf dem Blick auf den Kölner Dom bestanden, noch auf einem kurzen Weg zum Mittelmeerstrand, musste unser Wunsch, wie wir fanden, durchaus erfüllbar sein.

Einige Angebote klangen viel versprechend und in manch einem Telefongespräch wurde uns eine Traumvilla in paradiesischer Umgebung, jedoch zu verdächtig günstigem Preis, beschrieben. Die Wirklichkeit war meistens ernüchternd.

Wir fanden seit Jahren unbewohnte Ruinen vor, Häuser in hässlichen Industriegebieten, »freistehende« Häuser, deren Grundstück so klein war, dass man sich nur mit eng anliegenden Armen zwischen dem angebotenen Haus und dem Nachbarhaus vorbeidrücken konnte. Wir fanden Baracken in herrlichen Gärten, ansehnliche Häuser »am Puls des Lebens«, d. h. mit Blick auf die Autobahn. Wir fanden liebenswerte Fachwerkhäuschen mit bis zur Decke feuchten Wänden, einsame Forsthäuser, in welchen wir uns keine Nacht freiwillig und ohne Bodygard aufgehalten hätten, gepflegte Häuser, deren Preis unsere Möglichkeiten weit überstieg.

Ein besonders beeindruckendes Angebot war ein großes gräfliches Anwesen mit Feuchtbiotop, herrlicher Fernsicht und durchaus annehmbarer Preisvorstellung. Im Geiste sahen wir schon unsere aristokratischen Katzen in geeigneter Umgebung residieren.

Der Eigentümer war nicht bereit, die Adresse seines kostbaren Juwels telefonisch preiszugeben und bestellte uns deshalb zur Kirche in das nächste Nachbardorf. Gut gelaunt und sehr gespannt machten wir uns auf den Weg. Wir fuhren durch herrliche Frühlingslandschaften, durch Alleen von weiß und rosa blühenden Bäumen, vorbei an sattgrünen Wiesen, auf welchen dick bepelzte, noch ungeschorene Schafe und niedliche Lämmchen ihre ersten Ausflüge genossen und muntere Pferde, befreit von der Enge ihrer Ställe übermütig auf den Weiden galoppierten. Unsere Stimmung war wie die ganze Umgebung, Himmel hoch jauchzend, denn wir hatten das Gefühl, dass wir ganz bestimmt heute unser Haus finden würden.

Bei der Ankunft am vereinbarten Ort zur vereinbarten Zeit wartete ein höchst merkwürdiges Männlein von auffallend kleiner Gestalt auf uns. Es trug eine für diese Region recht unübliche Knickerbockerhose, die seinen ohnehin kurzen Körper optisch enorm verkürzte, derbe rote Zopfmuster-Wollkniestrümpfe über den kräftigen Waden, solide Wanderschuhe und ein edelweissbesticktes weißes Trachtenhemd. Seine eisgrauen, gewellten Haare trug es helmartig wie Prinz Eisenherz, woraus wir schlossen, dass es sich an der Haarmode von ungefähr 1970 orientierte und modisch in dieser Zeit stehen geblieben war. Diese an mein Märchenbuch aus Kindertagen erinnernde Erscheinung hatte, sozusagen als I-Tüpfelchen seines Outfits, einen imposanten, ebenfalls eisgrauen Schnurrbart vorzuweisen, dessen gezwirbelte Enden auf beiden Seiten mindestens zehn Zentimeter steil nach oben strebten. Der Mann begrüßte uns mit ungewöhnlich schnarrender Stimme, die uns dank seines erstaunlichen Aussehens kaum noch verwunderte.

Er gab uns mit seinen nun folgenden Ausführungen das Gefühl, auserwählte Glückskinder zu sein. Den neutralen Treffpunkt hatte er bestimmt, um uns kennenzulernen und dann zu entscheiden, ob wir die geeigneten Leute für sein Paradies wären. Wir hatten die Prüfung bestanden und durften seinem Auto folgen. Wir durchquerten das nächste Dorf, holperten über einen unbefestigten Weg und kamen inmitten von Wiesen neben einem Ensemble, bestehend aus Fachwerkhäuschen und Bretterscheune, zum Stehen. Neugierig stiegen wir aus und suchten den Horizont nach einem gräflichen Anwesen ab. Sicherlich hatten wir noch eine weitere Etappe zu meistern und unser Märchenprinz wollte uns hier lediglich auf große Dinge vorbereiten. Er kletterte nun ebenfalls aus seinem Geländewagen und deutete mit großer Geste triumphierend auf die beiden windschiefen Gebäude, die wir ungläubig in Augenschein nahmen.

Das langgestreckte ebenerdige Wohnhaus lag geduckt unter einem maroden Dach, hatte am rechten und linken Ende jeweils einen Eingang, wovon der rechte offen stand und den Einblick in einen bewohnten Raum freigab. Es handelte sich offenbar um ein Doppelhaus, wovon der linke Teil für den zukünftigen Käufer gedacht war. Die verblassten Fensterläden hingen schief in ihren Angeln, die seit ewigen Zeiten nicht mehr gestrichenen Fensterrahmen hielten mit Mühe die teils blinde Einfachverglasung, das Mauerwerk war von zweihundertjährigen Wetterangriffen zerfressen, in den Holzbalken deuteten verdächtige Bohrlöcher auf die unermüdliche Arbeit einer fleißigen Sippe von ehrgeizigen

Holzwürmern hin, aus der Eckfuge zwischen Lehmboden und Gebäudewand arbeiteten sich sehr erfolgreich Löwenzahn, Brennesseln und Co. empor und die ausgetretene Stufe vor der Eingangstüre war im Zerbröseln begriffen.

Wir wandten uns der Scheune zu, die, wie der Anbieter uns ehrfürchtig versicherte, einst als Garage für die gräfliche Karosse gedient hatte. Unsere eigentlich gut entwickelte Phantasie reichte bei Weitem nicht aus, uns unter diesem windschiefen, fensterlosen, aus Holzlatten stümperhaft gezimmerten Bretterverschlag ein ehemals komfortables Gebäude vorzustellen.

Der Hof, der Wohnhaus und Scheune verband, befand sich in einem ebenso beklagenswerten Zustand, uneben, unbefestigt, Unkraut überwuchert und von tiefen, halsbrecherischen Löchern und unzähligen Pfützen übersät.

Auf die Frage nach dem Feuchtbiotop deutete der gräfliche Nachkomme auf eine trichterähnliche knietiefe Unebenheit inmitten der angrenzenden Wiese mit dem erläuternden Hinweis, dass sich hier nach jedem Regen das Wasser sammele und so ein natürliches Biotop entstünde.

Wir hatten genug gesehen, verzichteten auf die dringend empfohlene Innenbesichtigung der Gebäude und verließen den sichtlich verdutzten Großgrundbesitzer recht schnell und mit der Erklärung, dass dieses Anwesen nicht so ganz für uns geeignet sei.

Wieder einmal war ein Wochenende mit erfolgloser Suche, dafür aber wenigstens mit einem kuriosen und unvergesslichen Erlebnis zu Ende gegangen. Nur leider waren unsere Katzen umsonst den ganzen Sonntag alleine.

Freud und Leid – Abschied von Robby

Kurz und gut, Ende 2004 unterschrieben wir endlich nach unermüdlicher Suche und zahlreichem Auf und Ab der Gefühle den Kaufvertrag für das fast schönste Haus der Welt.

Unser neues Reich in ca. 25 km Enfernung von Köln verfügte, wie gewünscht, über einen großen wundervoll angelegten Garten mit altem Baumbestand, beeindruckender Fernsicht und himmlischer Ruhe. Lediglich beim Preis wurden wir zu schmerzlichen Kompromissen gezwungen.

Wir hatten viele Ideen und bauten es innerhalb von zwei Jahren mit eigenen Händen zum für uns allerschönsten Haus der Welt aus und um. Für Röschen, Bienchen, Robby und uns Menschen bedeutete das eine sehr harte und entbehrungsreiche Zeit. Wie froh waren wir, dass wir einmal mehr auf die Hilfe unserer Nachbarin und Freundin Irmgard zählen konnten, denn sie versorgte unsere drei Katzen mit Liebe, Futter, Streicheleinheiten und allem, was sonst noch so benötigt wurde. Wenn wir morgens um sieben Uhr die Wohnung verließen und abends gegen achtzehn Uhr müde und abgekämpft von der ungewohnten körperlichen Arbeit heimkehrten, wussten wir unser Kleeblatt tagsüber in den besten Händen. Die Tiere gewöhnten sich allmählich an den neuen Tagesrhythmus und an die Tatsache, dass ihre Menschen nur noch abends für sie Zeit hatten.

Es lief alles wie am Schnürchen, bis wir eines Tages erschrocken eine Veränderung an Robby feststellten, die sich zunächst unbemerkt eingeschlichen und nichts mit seiner seit einiger Zeit vermuteten Arthrose zu tun hatte. Robby schlief auffallend viel, sein Fell hatte den wundervoll seidigen Glanz verloren und er war dünner geworden. Wir wurden daran erinnert, dass vor etwa einem Jahr unsere Tierärztin eine nicht weiter dramatische Vergrößerung der Leber festgestellt hatte und sie diesen Befund damals nicht beunruhigend fand. Robby machte die darauf folgende Zeit auch keinen kranken Eindruck, so dass wir diese Nachricht bis jetzt total verdrängt hatten. Alarmiert brachten wir Robby zu einer neuerlichen Untersuchung und erhielten das insgeheim befürchtete niederschmetternde Ergebnis. Es wurden eine chronische Leberentzündung und ein deutlich fühlbarer Tumor an der Leber diagnostiziert.

Schweigend und deprimiert fuhren wir mit unserem kranken »Leev Puschje« nach Hause und wussten, dass er nicht mehr sehr lange bei uns bleiben würde.

Tief traurig und unter Tränen schaufelten wir vorsorglich in unserem neuen Garten in der noch lockeren Erde ein Grab, denn der Winter stand vor der Türe und bei gefrorenem Boden wäre diese Arbeit nur sehr schwer möglich gewesen. Und Robby sollte doch unbedingt bei uns bleiben.

In der Folgezeit kämpfte ich mit meinem schlechten Gewissen, wenn ich die Wohnung verließ, um im Haus zu arbeiten. Ich konnte einerseits Wolfgang mit der Belastung des Umbaus nicht alleine lassen, andererseits wollte ich die kurze Zeit, die uns noch blieb, bei Robby sein. In den kommenden Wochen schlief er fast ausschließlich, fraß kaum und wurde zusehends schwächer. Mehrmals täglich musste das Badezimmer geputzt werden, weil er nicht mehr die Kraft hatte, in seine Toilette zu steigen.

An einem eiskalten Tag im Februar, Robby konnte vor Schwäche nicht mehr stehen, riefen wir unsere Tierärztin zu uns nach Hause, um ihn zu erlösen. Er schlief friedlich auf meinem Arm ein. Der Abschied von einem wunderbaren, zu Menschen und Mitkatzen immer freundlichen Gefährten, der vierzehn Jahre mit uns sein Leben geteilt hatte, hat uns sehr weh getan. Aber es ist noch nach Jahren tröstlich für uns, dass er im Garten begraben liegt, und ich ertappe mich heute oft, dass ich, während ich im Garten arbeite, ihm wehmütig aber auch dankbar im Vorübergehen ein liebes »Hallo Robby Leev Puschje, es war schön mit Dir!« zuflüstere. Und wenn ich dann ganz genau hinhöre, glaube ich, seine unnachahmliche Blecheimerstimme zu hören »Mir hat´s auch gefallen!«

Veränderung

Wir hatten die Arbeit wieder aufgenommen, die Trauer um Leev Puschje war dadurch etwas gemildert und ein neuer Frühling kam ins Land. Ich pflanzte Hortensien auf Robby's Grab und zog mich oft dorthin zurück, um an ihn zu denken.

Der folgende Sommer wurde teilweise unerträglich heiß, und wir arbeiteten unermüdlich an unserem Haus weiter. Wir hatten immer wieder neue Ideen, wodurch oft neue Probleme entstanden. Diese mussten gelöst werden, was natürlich zur Folge hatte, dass sich die Bauzeit um weitere Wochen verlängerte und die Kosten stetig stiegen.

Röschen und Bienchen dösten während der Hitzeperiode tagsüber platt wie Bettvorleger, mit weit ausgestreckten Beinen und auf dem Rücken liegend, an Stellen, an welchen sie glaubten, Kühlung zu verspüren. Abends wurden wir nicht, wie gewohnt, freudig begrüßt, sondern mussten unsere Katzen suchen. Sie fühlten sich für jede Bewegung zu matt und kamen noch nicht einmal zum Fressen oder um sich ihre Streicheleinheiten abzuholen.

Für Mitte September, die Tage waren von der Temperatur her wieder erträglicher geworden, war endlich der Umzug geplant. Ich fing rechtzeitig an, nach und nach hunderte von Büchern von der zweiten Etage ins Erdgeschoss zu schleppen, Schränke auszumisten und Geschirr zu verpacken. Nach der lähmenden Hitze des Sommers fanden Röschen und Bienchen diese neue Art des Tagesgeschehens fantastisch. Endlich blieb einer ihrer Menschen wieder zu Hause und endlich war wieder etwas los, die Zeit des Dösens und der Langeweile vorbei. Sie konnten gar nicht genug bekommen von dem Durcheinander, dem raschelnden Packpapier, den interessanten Kartons, in die man springen konnte, um sie dann mutig gegen imaginäre Feinde zu verteidigen. Aufgerollte Teppiche wurden zu aufregenden Röhren zum Hindurchrobben, hinter gestapelten Kisten konnten sie unsichtbar werden und wenn sie wollten, dies auch beliebig lange bleiben. Ich musste unwillkürlich an unseren Kater Napoleon denken. Damals wie heute machten wir Menschen uns Wochen vorher schon große Sorgen um das durch einen Umzug gefährdete Wohl sensibler Katzenseelen. Damals wie heute fanden unsere Katzen das Chaos erstaunlicherweise wunderbar.

Schließlich war der große Tag gekommen und Röschen und Bienchen wurden, natürlich unter Protest, in ihre Transportkörbe gesteckt. Die Vergangenheit hatte sie gelehrt, dass nun eine Autofahrt bevorstand, die wahrscheinlich beim Tierarzt endete. Dazu waren sie momentan überhaupt nicht aufgelegt und beklagten sich zunächst mit wütendem und, je länger die Fahrt dauerte, mit immer kleinlauter werdendem Miauen bei ihren Menschen, nicht ohne besonders hervorzuheben, dass Katzenseelen eben doch sehr sensibel seien. Nach einer halben Stunde, die Töne von der rückwärtigen Sitzbank waren nur noch kläglich zu vernehmen, erreichten wir unser neues Heim und waren sehr neugierig auf die Reaktion unserer Samt-pfoten.

Wir setzten die Körbe in das bereits fertig eingerichtete Schlafzimmer und öffneten deren Türen. Beide Katzen lugten verzagt aus ihrer Behausung hervor, stellten beruhigt fest, dass es nicht nach Tierarztpraxis roch und traten erst zögernd und schließlich beherzt, sich aufgeregt umsehend, hinaus in unbekannte Gefilde. Sie untersuchten gemeinsam jeden Zentimeter, sogen konzentriert die fremden Gerüche ein, freuten sich über einen bekannten Teppich, der aus für sie unerfindlichen Gründen hier lag, fanden, oh welche Wiedersehensfreude, im angrenzenden Bad ihre Katzentoilette, die auch gleich ausprobiert wurde und schienen sichtlich zufrieden zu sein.

Wir überließen sie ihrem Forschungsdrang und zogen uns leise zurück, um beim Auspacken des Möbelwagens zu helfen. Spät abends standen alle Möbel an ihrem vorgesehenen Platz, ansonsten aber stapelten sich überall Kartons, die in den nächsten Tagen ausgepackt und deren Inhalte einen neuen Platz finden mussten.

In einer kurzen Verschnaufpause vernahmen wir ein schüchternes Kratzen an der geschlossenen Schlafzimmertüre. Obwohl wir vorher beschlossen hatten, Röschen und Bienchen heute noch nicht aus diesem Zimmer zu lassen, öffnete ich die Türe. Sie quollen förmlich durch den Türspalt und blickten sich höchst erstaunt um. So viel Platz, soviel Chaos, so viel zu erforschen! Nein, war das aufregend! An diesem Abend wurden sie mit ihren Erkundigungen nicht mehr fertig, denn irgendwann übermannte sie die Müdigkeit. Erschöpft, aber offensichtlich glücklich, rollten sie sich auf einem vertrauten Sessel ein, versanken in einen tiefen Schlaf und verarbeiteten die vielen neuen Eindrücke in ihren Träumen. Glücklich über die Zufriedenheit unserer Mitbewohner und über den problemlosen Umzug fielen auch wir in dieser Nacht in einen tiefen erholsamen Schlaf.

Die nächsten Tage und Wochen bestanden für Röschen und Bienchen aus unzähligen großen und kleinen Abenteuern und Aufregungen. Immer, wenn sie glaubten, das neue Heim restlos erkundet zu haben, öffnete sich eine weitere Türe in noch einen unbekannten Abschnitt des Hauses. Zwischen ihren Mahlzeiten und den notwendigen Ruhephasen waren die beiden ununterbrochen damit beschäftigt, alle Räume zu inspizieren, sich die Wege einzuprägen, die Gerüche zu verarbeiten und so wieder Ordnung in ihre Umgebung und ihr Leben zu bringen. Nachdem diese Phase abgeschlossen war ereignete sich eine weitere ungeheuer aufregende Begebenheit. Sie entdeckten, dass hinter der großen Terrassentüre, einer Schiebetüre, die wir bis dahin bei Anwesenheit der Katzen immer verschlossen gehalten hatten, die Welt nicht zu Ende war. Sie beobachteten erstaunt, wie ich die Türe zur Seite schob und nahmen schnuppernd den über ihr Fell streichenden Luftzug wahr. Augenblicklich standen beide Katzen an der geöffneten Türe und sogen die fremden Düfte ein. Obwohl Bienchen immer die neugierigere von beiden war, wagte sich Röschen als erste ins Freie. Sie stand ungläubig auf der Terrasse und war so tief beeindruckt von den Ausmaßen dieser neuen Welt, dass sie sich nach ein paar unsicheren Schritten vorsichtshalber in das ihr vertraute Wohnzimmer zurückflüchtete. Ganz gegen ihre Art entschied sich Bienchen erst einmal dafür, drinnen zu bleiben und das Gesehene als eine

Art Fata Morgana abzutun. Immerhin war sie mittlerweile stattliche neun Jahre alt und konnte sich nicht vorstellen, dass es etwas gab, was sie noch nicht kennengelernt hatte. Bei dieser Ansicht blieb sie auch einige Zeit. Röschen dagegen wurde mit jedem Ausflug in die Gartenwelt immer mutiger und begleitete mich gern hinaus, achtete jedoch peinlich genau darauf, die Bodenplatten der Terrasse nicht zu verlassen. Niemals wäre sie auf die Idee gekommen, den Rasen oder ein Beet zu betreten.

Bienchen betrachtete währenddessen das Tun ihrer Schwester lange Zeit mit Argwohn, um sich eines Tages dann doch ganz spontan zu einem ersten Ausflug zu entschließen. Im Gegensatz zu Röschen startete sie durch, überquerte die Terrasse, trippelte am Geländer entlang, stieg durch die Gitterstäbe und machte es sich auf einem Mauervorsprung über der drei Meter tiefer liegenden Kellerterrasse bequem. Da sie in ihrer Unerfahrenheit weder die Gefahr eines Absturzes einschätzen noch das plötzliche Erscheinen des Nachbarkaters einkalkulieren konnte, fing ich sie umgehend wieder ein, um sie nachdrücklich zur Vorsicht zu mahnen.

In der folgenden Zeit nahm ich die beiden öfter mit hinaus, ließ sie jedoch nicht aus den Augen und konnte so jede Gefahr rechtzeitig im Keime ersticken. Bienchen hatte meine Warnung offenbar verstanden und begnügte sich mit einem Aufenthalt in entspannter Haltung in der Nähe der Türe, während Röschen sich an meine Fersen heftete und mir wie ein Schatten folgte, aber bis dato immer nur auf der Terrasse. Eines Tages brachte ich sie in arge Bedrängnis. Ich lief, ohne an die Katzen zu denken, auf den Rasen, um ein vergessenes Gartengerät zu holen. Röschen stand auf der Terrasse und überlegte verzweifelt, wie sie zu mir gelangen konnte, ohne den Rasen zu betreten. Als ich ihren Zwiespalt erkannte, rief ich sie beim Namen und nach kurzem inneren Kampf überwand sie ihre Scheu vor dem kitzelnden Gras, gab sich einen Ruck und flog mir über das unbekannte Grün entgegen. Dieser Mut, diese Überwindung, diese rührende Ergebenheit, die mein Röschen beflügelt haben, beeindruckten mich zutiefst und lösten in mir ein großes Glücksgefühl aus. Das sind die Momente, in denen ich unumstößlich sicher war, dass ein Leben ohne Katzen unvorstellbar für mich wäre.

Der erste Schnee im Bergischen Land

Die warme Jahreszeit verabschiedete sich langsam, die Tage wurden dunkler, kälter und kürzer, die Terrassentür blieb verschlossen und die Gartenwelt geriet bei den Katzen allmählich in Vergessenheit. Jetzt liebten sie es, tagsüber dösend auf den warmen Schieferplatten über der Heizung zu liegen, oder sich in mein Federbett, das mir längst auch nachts nicht mehr alleine gehörte, zu kuscheln. Außerdem waren sie kurz nach dem Umzug Eigentümer eines deckenhohen Kratzbaumes mit verschiedenen Ebenen geworden. In der Spitze schwebte eine Art Hängematte, die Bienchen vom ersten Tag an in Besitz nahm und in der sie Röschen nur äußerst selten einen Aufenthalt gestattete. Röschen sah das sehr locker und war ein Stockwerk tiefer ebenso glücklich. Ihre Welt hatten sie nach dem Umzug in allen Bereichen sortiert, alles hatte seinen Platz und konnte blind wiedergefunden werden, alle Fronten waren geklärt und so konnten sie sich getrost dem Nichtstun widmen.

Eines Tages im November, man hatte noch keinen wirklich ernsthaften Gedanken an den Winter verloren, war er über Nacht hereingebrochen. Wir zogen morgens ahnungslos die Gardinen zur Seite und schauten überrascht in eine glitzernde weiße Märchenwelt. Die Büsche trugen dicke Kappen, die Äste der Bäume bogen sich unter der

weißen Pracht, einige Herbstblumen, die aus Zeitmangel
noch nicht abgeschnitten worden waren, sahen aus wie
überdimensionale weiße Neuzüchtungen, die Terrasse war
von einem dicken, Watte ähnlichen Teppich überzogen,
der eckige Gartentisch sah einem mit dicker Puderzucker-
schicht bestreuten Blechkuchen nicht unähnlich, aus allen
Blumenkübeln quoll der weiße Schnee wie überkochende
Milch und das Vogelhäuschen war nur noch wegen seines Holzgestells zu erahnen. Bis auf die zierlichen tiefen
Spuren, wahrscheinlich die einer Katze aus der Nachbarschaft, war alles noch frisch und unberührt. Ich sammelte
Röschen und Bienchen aus diversen Körben ein und setzte
sie an das große Terrassenfenster, um ihnen das grandi-
ose Naturereignis zu zeigen. Diese geballte Menge von
Schnee hatten sie noch nie erlebt, da es in Köln eigentlich
nur seltene, spärliche Schneefälle gegeben hatte, die zudem
schnell in Regen übergingen. Es hatte wieder zu schneien
begonnen und beide Katzen staunten nicht schlecht über
die wundersame Veränderung der Welt. Sie versuchten,
einzelne Flocken beim Schweben zu beobachten, gerieten
aber wegen des dichten Treibens so in Rage, dass ihre Köpfe
nur so hin und her flogen und sie die beobachteten Flocken
sofort wieder verloren, weil schon hunderte neue vor ihren
Augen tanzten. Das Abenteuer wurde grenzenlos aufregend als ich die Terrassentüre öffnete und so den beiden
die Möglichkeit verschaffte, diese fremde weiße Welt genauer zu erkunden. Biene setzte prüfend eine Pfote auf die
Terrasse, um dann, wie von den sommerlichen Ausflügen
gewohnt, ihren Rundgang anzutreten. Sie stoppte jedoch
jäh als sie die Grenze der schützenden Überdachung erreichte und der Schnee ihren Weg versperrte, schnupperte
irritiert, tastete vorsichtig in das weiße weiche Unbekannte

und entschied sich, die Pfoten schüttelnd, für den Rückzug ins warme Haus.

Röschen hatte währenddessen die Aktivitäten ihrer Schwester neugierig vom Wohnzimmer aus verfolgt, ihre Schlüsse aus deren Verhalten gezogen und spontan für sofort und den Rest der Wintersaison beschlossen, ihre Ausflüge lieber doch auf eine wärmere Jahreszeit zu vertagen. Schließlich genügte es doch, die Verwandlung der Natur und die teils erfolglosen Bemühungen der Menschen, die wichtigsten Zugangswege zu ihren Häusern frei zu schaufeln, vom sicheren und warmen Fensterplatz aus zu beobachten.

Nach einiger Zeit wurde der Schnee für Röschen und Bienchen langweilig und sie zogen sich wieder stundenlang auf den Kratzbaum oder in ihre Körbe zurück, um sich der Wintermüdigkeit hinzugeben.

Krankheiten und der neue Tierarzt

Die Notwendigkeit der anstehenden jährlichen Impfung unserer Samtpfoten zwang uns dazu, einen Tierarzt in der näheren Umgebung zu finden. Die Tierärztin in Köln hatte zwar unser jahrelanges absolutes Vertrauen, aber die dreiviertelstündige Autofahrt wollten wir den Katzen nicht zumuten. Im Nachbarort entdeckten wir eine Tierarztpraxis, von der wir wegen der sehr eingeschränkten täglichen Sprechstunden jedoch annahmen, dass der Arzt hauptsächlich zu Pferden und Kühen der umliegenden Gestüte und Bauernhöfe gerufen würde. Ein Landtierarzt eben! Wir waren unsicher, ob unsere zarten und ziemlich sensiblen Tiere hier Verständnis finden und optimal betreut werden würden. Beim Impftermin lernten wir jedoch erleichtert einen sehr sympatischen und kompetent wirkenden Mann mittleren Alters kennen.

Als er einige Zeit später unserem Bienchen aus einer sehr brisanten Situation helfen konnte, waren wir sicher, den richtigen Tierarzt gefunden zu haben. Biene hatte nämlich nach einer länger anhaltenden relativ gesunden Phase wieder einmal beschlossen, die Nahrungsaufnahme gänzlich einzustellen. Wie schon im ersten Jahr ihres Lebens halfen weder Bitten noch Betteln, noch alle einschlägig bekannten Leckerchen, um sie zum Fressen zu bewegen. Während sie immer hinfälliger wurde, überdeckte zwar ihr langes

Fell noch gnädig die hervorstehenden Rippen, aber beim Streicheln ließ sich ihr schlimmer körperlicher Zustand deutlich fühlen. Ihre Beinchen konnten die ohnehin federleichte Last ihres ausgemergelten Körpers zeitweise nicht tragen und sie geriet ins Straucheln.

Da wir diese Symptome bereits von früher her kannten und nie erfahren haben, was der Grund dafür war und warum Biene sich im letzten Augenblick doch wieder für das Leben entschieden hatte, glaubten wir nicht an die unseres Erachtens zu einfache Diagnose des neuen Tierarztes. Er war davon überzeugt, dass sich Haarballen im Darm festgesetzt hatten, gab uns eine Paste zur täglichen Einnahme mit und war sicher, dass wir ihn wegen dieser Angelegenheit nicht mehr aufsuchen würden. Und er hatte Recht!! Seitdem bekam Bienchen-Fretti-Raffzahn-Untendurch täglich ihre Ration mit sanfter Gewalt in ihr Mäulchen gestrichen. Kurze Zeit danach hatte sie weder mit dem Fressen noch mit der Verdauung irgendwelche Probleme.

Die erneute Hoffnung, dass Bienes durch eine Rauferei unter Schwestern vor einigen Jahren verletztes Auge geheilt werden könnte, mussten wir allerdings endgültig aufgeben. Trotz umfangreicher Untersuchungen, Salben, Tropfen, Spritzen, Tabletten usw. konnte weder in Köln noch in unserer neuen Heimat ein Erfolg verbucht werden. Das Auge wurde mit der Zeit dunkler, über die Pupille legte sich ein milchiger Belag und sie richtete sich immer mehr nach außen. Das untere Augenlid schwoll aus unerklärlichem Grund hin und wieder dick an und das Auge sonderte eine braune gallertartige Flüssigkeit ab, die täglich mit einem feuchten Tuch entfernt werden musste. Mit diesem Makel hatten sowohl Bienchen als auch wir zu leben gelernt und seitdem die Verabreichung der Paste sowie die Reinigung des verletzten Auges als ein zwar lästiges aber notwendiges Übel in unseren Tagesablauf eingebaut. Nach einiger Zeit hatte sich eine gewisse Gewöhnung eingestellt und die Aufregung gelegt.

Um so mehr wurden wir aus unserem Alltagstrott gerissen, als Röschen damit begann, fast täglich entsetzlich zu würgen und eine wässrige Flüssigkeit zu erbrechen. Wir dachten zunächst an eine Magenverstimmung oder an die Folgen irgendeiner Aufregung, zumal sie gesund aussah, ein wunderschönes seidiges Fell und klare Augen hatte und auch ihr liebes Verhalten unverändert war. Da sich ihr Befinden nicht bessern wollte packten wir sie, natürlich wie immer unter Protest, in ihren Transportkoffer und fuhren zum bereits durch Bienchen bekannten Tierarzt. Der Protest wurde noch eindringlicher, als ihr Blut abgenommen wurde. Anschließend verzog sie sich schmollend in die hinterste Ecke ihres Koffers und sprach an diesem Tag kein Wort mehr mit uns.

Einige Tage später erfuhren wir das schockierende Ergebnis der Untersuchung: Röschens Nieren arbeiteten nur noch sehr eingeschränkt. Warum nur wurden immer die Katzen anderer Leute ohne Probleme steinalt?! Händeringend suchte ich Rat in Büchern, in Tierzeitschriften, im Internet und bei anderen Katzenbesitzern und wollte es einfach nicht wahrhaben, dass mein geliebtes Röschen, dass doch mindestens fünfundzwanzig Jahre alt werden sollte und erst knapp elf Jahre alt war, so krank war. Glücklicherweise erzählte uns ein Bekannter von seinem nierenkranken Kater, der Dank des Diätfutters noch acht Jahre mit der Krankheit lebte und gab uns mit dieser Nachricht

Trost und Zuversicht. Das würde Röschen vielleicht auch schaffen! Wir schleppten also Diätfutter in trockener und feuchter Beschaffenheit heran und befassten uns mit der nicht einfachen Aufgabe, dieses anscheinend fade Futter unserem Röschen schmackhaft zu machen. Sie verstand die Welt nicht mehr und bettelte flehentlich um ihr altes Futter. Das neue Feuchtfutter lehnte sie kategorisch ab und das Trockenfutter kaute sie zwar lustlos und ohne Genuss, aber der Hunger ließ sie wohl die Abneigung überwinden. Um sie an die Umstellung zu gewöhnen schlossen wir mit ihr einen Kompromiss, der darin bestand, dass sie ab und zu zwei, drei Bröckchen von dem alten Futter zwischen dem neuen fand. Das war für sie jedes Mal eine überraschende Freude und sie wurde dadurch angespornt, immer mal wieder bei ihrem Fressnapf vorbeizuschauen.

Für Bienchen bedeutete das, dass ihr das normale Futter nicht mehr jederzeit zur Verfügung stand, denn es musste nach jeder ihrer Mahlzeiten vor Röschen in Sicherheit gebracht werden. Das fade Diätfutter dagegen konnte auch Biene gefahrlos zugänglich bleiben, da sie es zwar heimlich kostete aber ihm nichts positives abgewinnen konnte. Das normale Futter trug ich ihr, von Röschen getrennt, zu festen Zeiten hinterher und servierte es ihr dort, wo sie es gerade passend fand … auf der Fensterbank, auf dem Sessel, unterm Bett, in der Badewanne und, und, und … Jeder tierlose Mensch wird mich spätestens an dieser Stelle für eindeutig merkwürdig, wenn nicht sogar für verrückt erklären, aber ich musste jede Gelegenheit wahrnehmen, die ohnehin schlecht fressende und immer noch dürre Katze wenigstens für ein Minimum an Futter zu interessieren. Sie ließ tatsächlich jede Mahlzeit ersatzlos ausfallen, wenn ich nicht auf ihre Wünsche einging.

Nach einigen Wochen hatten wir alle die Schwierigkeiten der Umgewöhnung überstanden und der normale Tagesablauf wurde wieder aufgenommen. Morgens um sieben Uhr sprang Biene, ungerührt davon, ob wir eine lange oder eine kurze Nacht hinter uns hatten, auf unser Bett und maunzte so lange, bis einer ihrer Menschen schlaftrunken aufstand. Zufrieden, ihre vermeintliche Pflicht als Wecker erfüllt zu haben, kraxelte sie dann auf den höchsten Punkt ihres Kratzbaumes und döste dort den ganzen Vormittag zufrieden in ihrer Hängematte.

Röschen war da sehr viel rücksichtsvoller. Sie schlief eingerollt neben meinem Kopfkissen so lange, bis sie aus der Küche das Klappern des Geschirrs hörte und fand sich diskret dort ein, wenn wir am Frühstückstisch Platz nahmen. Bewegungslos saß sie dann uns gegenüber, stellte ihr Schnurrmaschinchen an und beobachtete uns aus halb geschlossenen Augen. Zu gerne hätte ich gewusst, was in diesen Augenblicken in ihr vorging. Mit ihrer liebenswürdigen Art und ihrer Schönheit entzückte sie uns jeden Tag aufs Neue. Ihre Augen waren groß, klar und so blau wie die Vergißmeinicht im Garten, und ihr Fell hatte einen unnachahmlichen seidigen Glanz. Fast konnte man vergessen, dass sie nierenkrank war, wenn sie sich nicht in unregelmäßigen Abständen unter fürchterlichem Würgen immer wieder übergeben hätte.

Sowohl Röschen als auch Bienchen waren uns durch unser Wissen um ihre Krankheiten noch mehr ans Herz gewachsen, und wir unternahmen nichts mehr, ohne sie in unsere Überlegungen einzuschließen. Ausflüge und Besuche bei Freunden wurden reduziert bzw. weniger lange ausgedehnt als früher, spontane Unternehmungen wurden selten und Reisen ganz eingestellt.

Die beiden dankten es uns mit ergebener Anhänglichkeit und ließen sich, obwohl sie viele Rückzugsmöglichkeiten hatten, nie in weiterer Entfernung und selten ohne Sichtkontakt nieder.

Trotz oder auch wegen der immer mal wieder aufkeimenden traurigen Gedanken an eine mögliche Trennung von unseren samtpfötigen Familienmitgliedern genossen wir die stille, häusliche Zeit mit ihnen sehr intensiv und bewusst.

Adventskonzert

Nach dem Umzug ins neue Heim wurde eine lieb gewordene und seit einigen Jahren gepflegte Tradition wieder aufgenommen ... das Adventskonzert. Familienangehörige, Freunde und Bekannte wurden zu einem vorweihnachtlichen Hausmusikabend eingeladen und es bedurfte bezüglich der Vorbereitungen umfangreicher Überlegungen und Anstrengungen. Wolfgang und seine drei Mitstreiter des Streichquartetts, alles Hobbymusiker, übten bereits im Sommer unverdrossen einmal wöchentlich gemeinsam die für das Adventskonzert ausgewählten Stücke. Natürlich spielte er auch mehrmals in der Woche alleine, wobei Röschen und Bienchen anfänglich etwas irritiert in abgelegene Räume flohen. Nachdem die Übungen einen gewissen Wohlklang erreicht hatten, verharrten sie immer ausgiebiger in der Nähe der Geräuschkulisse, um schließlich gegen Ende des Jahres konzentriert und hingebungsvoll mit geschlossenen Augen der Musik zu lauschen. Ich meine sogar, sie beim Wippen ihrer Pfoten nach dem Takt beobachtet zu haben.

Oft saßen beide bei mir auf dem Teppich und sahen mir zunächst sehr interessiert und später zunehmend ermüdet zu, wenn ich, umgeben von Kochbüchern und losen Rezeptsammlungen, Pläne für das Adventsbuffet aufstellte, wieder verwarf, Einkaufslisten aufstellte und wieder änderte, in Gedanken alle verfügbaren Sitzgelegenheiten zählte, Gläser, Besteck und Geschirr auf Vollständigkeit prüfte. Tischdecken, Stehtische, Servietten, Garderobenständer, Kerzen, Gästehandtücher, Toilettenpapier, bereitstehende Blumenvasen, Aschenbecher auf der Terrasse … an alles musste gedacht werden. Am Ende eines solchen Tages, und davon gab es viele, schlummerten meine beiden Kätzchen selig neben mir, während ich wieder Zweifel an der Vollständigkeit meiner Arbeit hegte und mir vornahm, am nächsten Tag gezielter vorzugehen.

Kurz vor dem ersten Advent wurde es für Röschen und Bienchen so richtig spannend und sie verfolgten meine Unternehmungen mit gesteigertem Wohlwollen. Zum Zwecke der festlichen Dekoration wurden bergeweise Tannenzweige herbeigeschafft, Kartons mit der Aufschrift »Weihnachten« aus dem Keller ins Wohnzimmer getragen, und schon bald sah es überall zwar überhaupt nicht festlich aber dafür, wie die Katzen fanden, wunderbar chaotisch aus. Fast wie beim Umzug! Aus den Kartons quollen die weihnachtlichen Schätze heraus und überraschten wie jedes Jahr durch ihre Vielfalt, die im Verlauf des Jahres in Vergessenheit geraten war. Keramikengel mit entrücktem Gesichtsausdruck oder fromm gen Himmel blickenden Augen, die Heiligen Drei Könige, ebenfalls Keramik, in bunten, teilweise filigranen Gewändern, die von innen mittels einer Kerze beleuchtet ein heimeliges Licht verströmen, wurden aus ihrem dunklen Verlies befreit. Ein kunstgewerblicher Holznikolaus erhielt seinen Platz in der Diele. Bunte Kugeln wurden vorsichtig ausgewickelt und an zu dicken Sträußen arrangierten Tannenzweigen in diversen Bodenvasen aufgehängt.

Dabei kam es ab und zu auch einmal vor, dass eine Kugel zersplitterte, die das Pech hatte, von Röschen oder Bienchen gemopst zu werden, die ihr die Rolle des Mäuschens im beliebten Fang-das-Mäuschen-Spiel zugedacht hatten.

Überhaupt tobten die Katzen sehr unweihnachtlich zwischen all dem Verpackungsmaterial, den Bändern und Schleifen, den Kerzen und Kerzenständern, den Lichterketten für drinnen und draußen, den Strohsternen und bunten Wachsengeln und ihren Menschen, die trotz stimulierender Weihnachtsmusik und dem Genuss eines der Gemütlichkeit dienenden Glases Rotwein allmählich ihre Gelassenheit einbüßten.

Nach zwei bis drei Tagen intensiver Bemühungen kam erstaunlicherweise Ordnung in das Durcheinander und wir begutachteten zufrieden das Ergebnis unserer Arbeit, nachdem wir beim Einbruch der Dunkelheit probeweise alle Lichter angezündet hatten. Vor dem großen Fenster zur Terrasse hing an langen beigefarbenen Bändern der mit Schleifen in gleicher Tönung verzierte und von bernsteinfarbigen Perlen umwundene Adventskranz, gekrönt von vier dicken Wachskerzen in der Farbe der Bänder. Auf dem Kaminsims waren alle verfügbaren silbernen Kerzenständer des Hauses, bestückt mit dunkelblauen schlanken Kerzen, versammelt. Auf der Terrasse vor dem Panoramafenster hatte ein immergrüner Busch ein Netz aus kleinen Lichtern übergestreift. Überall im Haus befanden sich Vasen mit duftendem Tannengrün, geschmückt mit Strohsternen und polierten roten Äpfeln. Die große Tanne im Vorgarten war bis zum Wipfel mit Lichterketten versehen. Übrigens, eine akrobatische Meisterleistung! Selbst unser Wachhund Fritz, ein kurios aussehender Blechhund in der Größe eine Pudels, dessen Kopf zu wippen pflegt, wenn man ihn antippt, wies den Besucher durch seine überdimensionale rote um den Hals drapierte Filzschleife bereits im Windfang unmissverständlich darauf hin, dass dieses Haus für Weihnachten gerüstet war.

Bis auf die Dekoration im Garten hatten die Katzen auf alle Arbeiten ein waches Auge und griffen hier und da gerne mal mit ordnender Pfote, wenn auch wenig hilfreich, persönlich ein. Als es jedoch kurz vor dem großen Ereignis an das Vorbereiten der Speisen ging zogen sich beide Katzen diskret zurück und überzeugten sich lediglich in größeren zeitlichen Abständen von der nicht enden wollenden unerklärlich aufgeregten Befindlichkeit ihrer Menschen.

Eine Stunde vor dem festlichen Abend - die Sitzgelegenheiten waren zum hundertsten Male durchgezählt, die Gläser poliert und plaziert, Wasser, Saft, Wein und Sekt kühl- und Rotwein warmgestellt, Geschirr und Besteck nochmals überprüft, die auf die Eröffnung des Buffets wartenden Speisen mit Folie abgedeckt und in sinnvoller Reihe auf dem großen Tisch im Esszimmer plaziert, die Musiker probten ein letztes Mal im Atelier des Dachgeschosses - hatte die allgemeine Unruhe zu guter Letzt bei den Katzen eine Art Lampenfieber erzeugt. Röschen musste vor Aufregung brechen und Bienchen saß jämmerlich mit leichtem Durchfall auf ihrer Katzentoilette. Ich schickte ein Stoßgebet zum Himmel, bat meine Katzen inständig, ihre Unpässlichkeiten auf morgen zu verschieben und beseitigte eiligst alle Spuren.

Nachdem ich in Windeseile alle Kerzen angezündet, meine Schultern gestrafft, mir mit einem autogenen Sekundentraining eine festliche Adventsstimmung suggeriert und mich im Vorbeifliegen im Spiegel von meinem unversehrten Aussehen überzeugt hatte, klingelten auch schon die ersten Gäste.

Himmel, war das mal wieder knapp!

Mit dem dicht aufeinander folgenden Eintreffen der Besucher, die uns mit ihrer Fröhlichkeit ansteckten, wandelte sich unsere Hektik zuschends in Gelassenheit und wurde kurze Zeit später von uns rückblickend nur noch als »Sturm im Wasserglas« belächelt.

Nachdem sich alle wortreich und freudig begrüßt hatten, man hatte sich schließlich teilweise seit dem letzten Adventskonzert nicht mehr gesehen, saßen alle erwartungsvoll, mit einem Glas Prossecco versehen, auf den flink verteilten Stühlen und Sesseln und harrten erwartungsvoll der Ergebnisse fleißigen Übens des Quartetts »Die Himmlischen (B)engel«.

Während das Publikum andächtig den Adventsklängen lauschte und sich mancher bei dieser weihnachtlichen Atmosphäre in seine Kindheit zurück versetzt fühlte, konnte es sich Röschen nicht verkneifen, die Aufmerksamkeit der Zuhörer mit einer unvorhergesehenen Soloeinlage auf sich zu lenken. Graziös und sich ihrer Wirkung sehr bewusst betrat sie die Bühne, schnurrte steifbeinig um die Beine des Cellisten, wickelte sich dann um jene des ersten Geigers und des Bratschisten im Wechsel, um dann den zweiten Geiger zu umgarnen, den sie zwar als ihren Menschen identifizierte, dies aber mit keiner Miene zu erkennen gab. Nachdem sie mit ihren unergründlichen tiefblauen Augen den Zuschauern einen vielsagenden Blick zugeworfen und sich vergewissert hatte, dass niemand sie übersah, schritt sie anmutig davon, legte sich in ihr Körbchen und träumte die nächsten Stunden von ihrem großen erfolgreichen Auftritt.

Während wegen Röschens Intermezzo ein belustigtes Raunen durch die Reihen gegangen war, hoffte ich inständig, dass es nicht auch noch Bienchen auf »die Bretter, die die Welt bedeuten« zog. Gott sei Dank blieb sie unsichtbar und die Musiker konnten ohne weitere Störung in ihrer Darbietung fortfahren und die Zuhörer ohne Ablenkung das weitere Konzert genießen.

Nach der reich beklatschten Darbietung und nach einer vom Publikum gewünschten Zugabe endete der musikalische Teil des Abends und es wurde das Buffet eröffnet.

Anschließend bildeten sich immer wieder sich nach einiger Zeit auflösende und neu zusammenfindende Gesprächsgruppen in den Sitzecken, um die Stehtische herum, in der Küche, im Wohnzimmer, im Esszimmer und kurzzeitig auch auf der Terrasse, wohin sich die Raucher freiwillig zurückzogen. Es war ein fröhliches Stimmengewirr und unendliches Gesumme wie im Bienenstock und klang wie Musik in meinen Ohren. So hatte ich mir den Verlauf des Abends gewünscht und wurde nun für all die vorbereitende Arbeit und Planung der vergangenen Wochen reich belohnt.

Als zu später Stunde die letzten Gäste, sich euphorisch bedankend, verabschiedet hatten und wir das Aufräumungskommando nach dem Vorbild der Entsorgung nach dem Kölner Karnevalszug bildeten, riskierten die mittlerweile ausgeschlafenen Katzen einen vorsichtigen Blick über das Chaos. Amüsiert beobachteten sie, wie wir alle Kerzen löschten, die Gläser einsammelten und spülten, Essensreste in Vorratsdosen füllten und im Kühlschrank verstauten, die Spülmaschine mit schmutzigem Geschirr bestückten, alle Stühle und Sessel im ganzen Haus wieder an ihren Platz stellten, die Klapptische einpackten und im Keller deponierten, die Aschenbecher leerten, zwischendurch den Abend reflektierten und schließlich hundemüde aber äußerst zufrieden im Morgengrauen in unsere Betten fielen. Röschen und Bienchen sahen die ganze Angelegenheit wohl als eine Art Naturgewalt an, etwa einem Gewitter ähnlich. Das Ereignis kündigt sich durch Unruhe an, steigert sich zum Höhepunkt, ebbt ab und verzieht sich so vollständig, als hätte es nie stattgefunden.

Bienchen, einmal Sorgenkind, immer Sorgenkind

Bereits vor längerer Zeit war mir beim täglichen Bürsten von Bienes Fell ein kahler, kreisrunder, pfenniggroßer, roter, nässender Fleck am Nacken aufgefallen. Wir nahmen zunächst an, dass sie sich mit ihren Krallen selbst verletzt hatte und stürzten uns seitdem auf sie, sobald sie Anstalten machte, an dieser Stelle erneut zu kratzen. Der Fleck breitete sich zusehends aus, wurde blutig und verursachte offenbar großen Juckreiz. Also wurden wir mal wieder bei unserem mittlerweile schon gut bekannten Tierarzt im Nachbardorf vorstellig, der uns zuversichtlich eine baldige Genesung unseres »Sorgenkindes« versprach. Aber da kannte er unser Bienchen nicht. Es begann ein Monate währender Leidensweg. Es wurden Cortisonspritzen injiziert, verschiedene Salben und angeblich Wunder wirkende Sprays ausprobiert, Blut abgezapft und untersucht, Pilzkulturen angelegt und ausgewertet, Tropfen und Pasten verabreicht und die rechte Hinterpfote über Monate verbunden, um das Kratzen zu verhindern.

Das Ergebnis aller Bemühungen waren weiterer Haarausfall und neue rote, runde Flecke an anderen Stellen. Da Bienchen sich wegen des »Antikratzverbandes« nicht mehr kratzen konnte, waren wir sicher, dass die kahlen, blutigen

Stellen nicht von äußeren Einwirkungen herrührten, sondern dass es eine innere Ursache geben musste. Mit den spärlichen Haarbüscheln am Hals glich unsere Katze mittlerweile dem bemitleidenswerten Vogel namens Marabu, dem wir bei den regelmäßigen Zoobesuchen zu unseren kölner Zeiten oft tröstend und aufmunternd zugeraunt hatten, dass die wahre Schönheit von innen käme. Spontan erhielt Bienchen-Fretti-Raffzahn-Untendurch einen weiterer Namen: M a r a   B u.

Jeder weitere gescheiterte Therapieversuch erstickte unsere leise Hoffnung auf Heilung immer mehr. Irgend etwas musste passieren, denn wir konnten Bienes Bein, auch wenn sie tapfer alles ertrug, nicht für den Rest ihres Lebens verbunden lassen.

Mit letzter Hoffnung brachten wir sie in die Tierklinik nach Köln, um dann nach mehreren Wochen weiterer Behandlungen die Aussichtslosigkeit aller Versuche endgültig einsehen zu müssen. Wir erfuhren lediglich, dass diese Krankheit zwar schon vorgekommen, aber äußerst selten und total unerforscht sei.

Wir hatten uns schon mutlos zum Ausgang gewandt, als die Tierärztin eine letzte aber im Nachhinein geniale Idee hatte. Sie schlug eine Laserbestrahlung vor, mit welcher sie kurz vorher einen Hund von extremen Hautproblemen kurieren konnte. Der Versuch war es wert! Nach zweimaliger Bestrahlung, einem darauf folgenden Rückfall und weiteren vier Bestrahlungen hatte Bienchen die Krankheit tatsächlich besiegt. Die Freude und Erleichterung war riesengroß. Bienchens Bein konnte endlich wieder von der Bandage befreit werden und viele Wochen später zierte ein dicker neuer Pelzkragen ihren Hals.

Im Januar 2008 riss uns ein erneuter Schicksalsschlag abrupt aus unserem kurzen Glück. Wir waren zu einer Geburtstagsfeier eingeladen und kehrten gut gelaunt nach dreistündiger Abwesenheit heim. An der Eingangstüre wurden wir von Röschen stürmisch begrüßt. Bienchen saß mit völlig nassem Gesichtchen still einen Schritt hinter Röschen und fuhr sich ab und zu mit der Pfote über ihr krankes Auge. Wolfgang nahm sie auf den Arm und ich tupfte ihr vorsichtig mit einem weichen Tuch die unaufhörlich laufenden Tränen ab. Plötzlich verkrampfte sich ihr kleiner Körper und sie stieß einen kurzen Klagelaut aus. Erschrocken hielt ich inne und erkannte, dass der Tränenfluss immer stärker wurde und schließlich Blut aus dem Auge trat.

Es war Sonntag, 19.00 Uhr, alle Tierärzte in der Umgebung unerreichbar. Hastig packten wir unser Bienchen ein und rasten zur Tierklinik nach Köln. Die diensthabende junge Ärztin legte Biene in Narkose, um das Auge von allen Seiten untersuchen zu können. Anschließend eröffnete sie uns die von uns bereits befürchtete und dennoch unglaubliche Nachricht, dass das Auge ausgelaufen und nicht mehr zu retten sei. Wegen der sofort notwendigen Operation mussten wir unser Bienchen in der Klinik lassen und verabschiedeten uns von der Ärztin nach deren Versprechen, uns direkt nach dem Eingriff, voraussichtlich gegen 21.30 Uhr, anzurufen.

Schweigend und deprimiert fuhren wir durch die Dunkelheit der mittlerweile hereingebrochenen Nacht nach Hause. War unsere kleine Pechmarie nicht schon genug krank in ihrem Leben? Und jetzt das! Warum?

Zu Hause wartete Röschen auf uns, aber als ob sie ahnte, dass etwas Schlimmes passiert war, verhielt sie sich sehr zurückhaltend. Zäh vergingen die nächsten Stunden mit der bangen Frage, ob unser zartes Bienchen diese Tortur überleben würde. Andererseits hatte sie in der Vergangenheit immer wieder eine unglaubliche Zähigkeit an den Tag gelegt.

Nach unendlich langem und zermürbendem Warten kam um 22.30 Uhr endlich die erlösende Nachricht, dass alles gut überstanden sei und wir sie am nächsten Nachmittag wieder nach Hause holen dürften. Diese Nachricht war zwar positiv, aber geschlafen haben wir in dieser Nacht beide kaum, und selbst im Halbschlaf überfielen uns schreckliche Alpträume.

Gegen Morgen war ich wohl doch eingeschlafen, denn ich wurde von einem Kitzeln an der Nase und etwas Weichem auf meinem Gesicht geweckt. Als ich langsam zu mir kam, bemerkte ich, dass Röschen an meinem Gesicht schnupperte und mir mit der Pfote sanft über die Wange strich als wollte sie sagen:«Sei nicht so traurig, es wird alles wieder gut!»

Der folgende Tag zog sich unendlich zäh dahin, und nachdem wir zur Ablenkung wie die Putzteufel unser Haus poliert hatten und sich zu allem Übel für 15.00 Uhr auch noch ein Handwerker angesagt hatte, fuhr ich am Nachmittag alleine und bangen Herzens zur Klinik, um unser jetzt einäugiges Kätzchen abzuholen.

Vor der Türe der Klinik holte ich noch einmal tief Luft, redete mir Mut zu und verbot mir strikt, bei Bienchens wahrscheinlich bemitleidenswertem Anblick zu weinen. Als man mir nach den üblichen Formalitäten und praktischen Ratschlägen für die weitere Vorgehensweise den Transportkorb übergab wollte ich nicht glauben, dass darin meine schmächtige, liebe, zarte Biene sitzen sollte. Aus dem Korb drang ein tiefes, drohendes Knurren, das nach Aussage der Ärztin seit dem Morgen unvermindert anhielt.

Biene kauerte in der hintersten dunklen Ecke des Korbes und ich wagte es nicht, sie herauszuholen. Ich hatte einfach nicht den Mut! Nachdem ich den Korb ins Auto gesetzt und angegurtet hatte war augenblicklich Ruhe und einige Minuten später hörte ich neben dem Motorengeräusch sogar ein vertrautes leises Schnurren, woraus ich schloss, dass ihr das Vibrieren und Holpern des Autos wie immer gefiel. Das war wieder unsere zähe Biene, wie ich sie kannte.

Zu Hause angekommen stürzte sie aufgeregt aus ihrem Käfig, begrüßte das verdutzte Röschen und schaute nach, ob alles noch so aussah, wie sie es verlassen hatte. Nun sahen wir zum ersten Mal ihr Gesicht aus der Nähe. An der Stelle, wo früher ihr hellblaues Auge saß, entstellte sie eine von der Nasenwurzel schräg zum rechten Ohr hin verlaufende Naht. Das Fell war abrasiert, die Haut trat dick geschwollen, gerötet und mit dunklen Blutresten verklebt hervor und etwa zehn schwarze Fadenenden standen wie dicke Spinnenbeine in gleichmäßigen Abständen von der Naht ab.

Obwohl sie sehr fremd und erschreckend aussah gewöhnten wir uns bald an den Anblick, zumal sie sich ganz normal verhielt. Zwei Tage später, nachdem sie sich von den Strapazen der Operation erholt hatte, sprang sie fröhlich durch das Haus, ließ sich zum Spielen ermuntern, hatte wieder Appetit und zeigte keinerlei Beeinträchtigung wegen des fehlenden Auges. Im Gegenteil, wir hatten den Eindruck, dass sie erleichtert darüber war, nicht mehr mit den Unannehmlichkeiten des ständig entzündeten Auges leben zu müssen. Nach zwei Wochen wurden die Fäden gezogen, die Schwellung ging zurück, die Augenhöhle fiel immer tiefer ein, die restlichen Krusten lösten sich und die Stelle wurde von langsam nachwachsendem Fell ganz allmählich wieder bedeckt.

Röschen hatte sich während der ganzen Zeit übrigens ganz wunderbar verhalten. Es heißt, dass eine kranke Katze durch den Geruch der Medikamente von ihren Mitkatzen nicht mehr erkannt und deshalb abgelehnt oder sogar bekämpft wird. Unser kluges Röschen hat ihre Schwester niemals angeknurrt oder angefaucht und ist, wie es ihrer harmonischen Art entsprach, immer freundlich und entgegenkommend geblieben.

Röschen, Kummer und Abschied

Anfang Mai, die Katzen machten uns keinerlei Sorgen, die Natur zeigte sich von ihrer schönsten Seite, im Garten überraschten uns die im Herbst vergrabenen und längst wieder vergessenen Zwiebeln der Frühlingsblumen mit einer Explosion von bunten Blüten, die ersten Aufenthalte auf der sonnenwarmen Terrasse genossen Menschen und Tiere ... kurz, ein positives Lebensgefühl machte sich breit.

Unternehmungslustig saßen wir am Frühstückstisch und machten Pläne für den kommenden Tag, als uns Röschen durch ein sehr eigenartiges Verhalten auffiel. Sie bewegte sich so vorsichtig und langsam, als wollte sie jegliche durch Bewegung hervorgerufene Körpererschütterung verhindern. Schließlich verharrte sie halb sitzend, halb stehend, mit zu einem Buckel geformten Rücken in einer Stellung, die sie normalerweise auf der Katzentoilette zum Pippimachen einnimmt. Alarmiert hob ich sie auf den Arm und bemerkte, dass sie Blut verlor. Blitzartig durchfuhr mich der Gedanke an ihre bisher harmlos verlaufene Nierenkrankheit. Um keine wertvolle Zeit zu verlieren rief ich sofort die Klinik in Köln an, um unser Kommen anzumelden. Wir zogen uns in Windeseile an, wickelten Röschen vorsichtig in ein großes Handtuch, rasten los und gerieten zu allem Überfluss auch noch in einen Verkehrsstau. Röschen verhielt sich während der Fahrt so still und bewegungslos wie ein Stofftier, Wolfgang war nervös und in sich gekehrt und ich tränenblind angesichts der drohenden Lebensgefahr. Die Fahrt erschien uns endlos lang.

Nach dem Eintreffen in der Klinik wurde Röschen ohne vorherige Wartezeit sofort untersucht und wir erhielten wider Erwarten die unter diesen Umständen wunderbare vorläufige Diagnose »akute Blasenentzündung«. Nun weinte ich wieder, aber Tränen der Erleichterung. Um jedoch sicher zu gehen mussten wir unser Röschen schweren Herzens zur Beobachtung für eine Nacht in der Klinik lassen.

Diese Nacht war schrecklich, denn ich war es nicht mehr gewöhnt, ohne ihre diskrete Nähe und ohne ihr beruhigendes Schnurren zu schlafen, und ich war froh als der neue Tag endlich anbrach und wir unser Röschen gegen elf Uhr wieder abholen durften.

Das Ergebnis der vorgenommenen Blutuntersuchung war zufriedenstellend und beruhigte uns auch insofern, dass die Nieren nicht so stark geschädigt waren, wie vor einem Jahr festgestellt, sondern lediglich etwas eingeschränkt arbeiteten. Also kein Grund zu größerer Besorgnis!

Glücklich fuhren wir nach Hause und glaubten in unserer Euphorie fest daran, dass wir die Gesundheitsprobleme unseres Katzenduos im Griff hatten und sie jetzt in Ruhe uralt werden könnten. Wir wünschten uns so sehr mindestens fünf gemeinsame Jahre, am liebsten noch mehr.

Genau drei Wochen später, wir vier hatten gerade wieder zur Ruhe gefunden, machte uns Röschen erneut Sorgen. Sie hatte keinen Appetit, wollte nicht spielen, wirkte erschöpft und lag nur noch den ganzen Tag lustlos in dem sonst strikt gemiedenen Transportkorb. Weder Bienchen noch Röschen hatten diesen Korb bisher freiwillig bezogen, denn beide Katzen hatten doch im Babyalter ganz schnell gelernt, dass er irgendwie mit dem unangenehmen Besuch beim Tierarzt in Verbindung stand.

Wieder einmal trugen wir Röschen im Korb, ohne jeglichen Protest ihrerseits, ins Auto, fuhren den mittlerweile leider sehr vertrauten Weg zur Klinik nach Köln und hofften auf eine klärende Diagnose und eine entsprechend hilfreiche Therapie. Statt dessen löste die Untersuchung neue Rätsel aus. Röschen sah aus wie eine gesunde Katze, ihr Fell glänzte, ihre blauen wunderschönen Augen blickten klar, aber jede Bewegung kostete sie unglaubliche Anstrengung. Eine Aufbauspritze zeigte auch am folgenden Tag nicht die geringste Wirkung und unsere Sorge um sie wuchs.

Nachdem sie auf dem Weg zum Trinknapf alle zwei Meter eine Pause einlegen musste und den Fressnapf überhaupt nicht mehr aufsuchte, stellte ich ihr Futter und Wasser vor den Transportkorb, in dem sie jetzt ausnahmslos wohnte. Sie nahm beides dankbar an, schnurrte auch leise, aber ihr Zustand wollte sich einfach nicht bessern.

Bis jetzt hatte sie sich trotz ihrer Müdigkeit wenigstens abends noch in mein Bett geschleppt, um wie immer neben meinem Kopfkissen die Nacht zu verbringen. Als diese für uns beide seit Jahren so lieb gewonnene Angewohnheit plötzlich abriss, wurde mir klar, dass die Lage sehr viel ernster sein musste, als wir alle angenommen hatten. Röschen hätte sonst niemals freiwillig ihren Platz neben mir aufgegeben!

Wie ein Wunder erschien es uns dann, als sie mich am vierten Tag unbedingt auf die Terrasse begleiten wollte. Mühsam schleppte sie sich hinaus, schnupperte die Frühlingsluft, sah sich lange um und folgte mir langsam auf Schritt und Tritt, immer darauf bedacht, mich nicht aus den Augen zu verlieren. Vorsichtig meldete sich bei uns ein wenig Hoffnung .

Am nächsten Tag, ich war in der Garage am Auto beschäftigt, rief mich Wolfgang, um mich auf Röschen aufmerksam zu machen. Sie war gerade im Begriff, die Stufen vor der Eingangstüre hinunter zu gehen, um dann zwar wackelig, aber im Vergleich zu den Vortagen deutlich sicherer, den Weg zur Straße zu nehmen, auf der sie in guten Tagen so gerne mit mir, ohne Leine und »bei Fuss« spazieren gegangen war. In Wolfgangs Begleitung nahm sie Kurs zur Nachbarin, ließ sich dort ausgiebig bewundern und streicheln und kam auf mein Rufen hin ohne katzentypische Umwege zu mir. Unsere Freude war natürlich groß und unser Optimismus wuchs.

Doch schon am späten Nachmittag verloren wir alle Zuversicht. Röschen erbrach das wenige Futter, dass sie gefressen hatte, ihre Flanken waren plötzlich eingefallen und sie lag wieder apathisch im Transportkorb. Voller Sorge, aber dennoch nicht das Schlimmste befürchtend, machten wir uns wieder auf den Weg zur Klinik, um Röschen wieder auf die Beine zu helfen. Sie war die letzte Patientin und sie schnurrte auf meinem Arm, während wir auf das Laborergebnis der Blutuntersuchung warteten.

Nach einiger Zeit kam die Ärztin mit ernster Miene zurück und die darauf folgende Eröffnung traf uns wie ein Schlag. N i e r e n v e r s a g e n !

Der Abschied, vor dem ich mich schon in guten Zeiten sehr gefürchtet hatte, war sehr schwer. Röschen schlief auf meinem Arm ein und wir begruben sie noch am gleichen

Abend im hinteren Teil des Gartens dort, wo Robby schon seit vier Jahren lag. Heute war übrigens unser Hochzeitstag!

Wenn ich nach einigem zeitlichen Abstand an den Tag denke, an dem Röschen ein letztes Mal mit mir auf die Terrasse ging und einen Tag später unbedingt einen Spaziergang auf der Straße machen wollte, dann weiß ich jetzt, dass sie damals ihr nahes Ende geahnt haben muss.

Unser wunderschönes, anhängliches, liebevolles, geduldiges, sensibles und kluges Röschen hatte alle Kraft zusammen genommen, um sich intuitiv von seiner Umgebung zu verabschieden.

Trauer, Trost und Abschied von Bienchen

Röschens Ende war so plötzlich und unerwartet gekommen, dass wir zunächst überhaupt nicht begriffen, was da passiert war, und so wurde der Schmerz über ihren Verlust erst einige Tage nach ihrem Tod in vollem Umfang spürbar.

Jeden Abend vermisste ich schmerzlich das vertraute Schnurren ihres Schlafliedes neben meinem Kissen und jeden Morgen das Kitzeln ihrer Barthaare, wenn sie vorsichtig prüfte, ob ich schon ansprechbar war.

Die gemeinsame Mittagsruhe, auf deren Einhaltung sie immer großen Wert gelegt und während der sie, sich eng an mich schmiegend, friedlich in meinem Arm geschlafen hatte, gab es plötzlich nicht mehr.

Es fehlte mir die liebevolle »Fellpflege«, die sie mir immer dann angedeihen ließ, sobald ich zum Lesen in unserem Ohrensessel Platz genommen hatte und sie versuchte, von der Rückenlehne aus mit ihrer rauen Zunge meine Haare zu ordnen.

Wie oft hatte sie sich vertrauensvoll zum Schlafen auf meinem Schoß eingerollt und nicht bemerkt, wie ich, obwohl mir Hände und Füße eingeschlafen waren, tapfer bewegungslos sitzen blieb, um sie nicht zu stören.

Wie oft noch nach ihrem Fortgehen drehte ich mich während der Erledigung meiner Hausarbeit aus alter Gewohnheit nach ihr um und stellte in Erwartung Ihrer Anwesenheit nur einen leeren Platz fest.

Meine Trauer war so groß, dass ich darüber sogar Bienchen fast vergaß.

Biene nahm mir das nicht übel, im Gegenteil. Ich hatte den Eindruck, dass sie verständnisvoll und zurückhaltend abwartete, bis ich wieder für sie da war. Dann aber bemühte sie sich unentwegt, mich durch ihre stetige Nähe und Zuwendung zu trösten. Sie übernahm sogar teilweise Röschens Verhalten, hielt in meinem Arm ihren Mittagsschlaf, verbrachte die Nacht neben meinem Kissen und schnurrte auf meinem Schoß während ich las. Sie wurde so zutraulich wie nie zuvor und half mir sehr durch diese schwere Zeit.

Erstaunt bemerkten wir, dass Bienchen ihre Schwester nicht vermisste. Wahrscheinlich hatte sie, nicht zuletzt durch mein Verhalten, ein Leben lang in Röschens Schatten gestanden und fühlte sich erstmals befreit. Sie blühte regelrecht auf und wir wünschten ihr von Herzen, dass sie, die bisher so viele Krankheiten tapfer ertragen und überstanden hatte, die oft Pech hatte, die die Welt nur noch mit einem Auge sah und eigentlich immer den Platz hinter Röschen eingenommen hatte, noch viele Jahre den ersten Platz bei uns haben sollte.

Dieser Wunsch ging leider nicht in Erfüllung, denn wir hatten nur noch vier gemeinsame schöne und unbeschwerte Monate ... einen Sommer.

Wir bemerkten die Veränderung, weil Biene sich eines Abends nicht zur Nachtruhe neben mein Kissen legte, wie sie es seit Röschens Tod immer getan hatte. Das hat uns zunächst aber nicht beunruhigt. Am nächsten Tag war ihr äußerlich nichts auffälliges anzumerken, außer dass sie keinen Appetit hatte und nur schlafen wollte.

Da Bienchen erfahrungsgemäß bei Appetitlosigkeit immer schnell abbaute, wollten wir keine unnötige Zeit versäumen und fuhren am Tag darauf vorsichtshalber in die Tierklinik.

Nach kurzer Untersuchung kam das total unerwartete Todesurteil ... großer Tumor im Bauch.

Ich weiß nur noch, dass ich »Nicht schon wieder!« rief und dann die Tränen hemmungslos laufen ließ.

Der Tumor muss in kurzer Zeit sehr schnell gewachsen sein und die Ärztin befürchtete Schmerzen für Bienchen in naher Zukunft. Das wollten wir unserer kleinen tapferen Gefährtin auf jeden Fall ersparen.

Auch Bienchen schlief auf meinem Arm ein und wir begruben sie im September, ein halbes Jahr nach Röschens Tod neben ihrer Schwester in unserem wunderschönen Garten.

Chrissi

Das Buch über alle unsere Katzen wäre nicht vollständig, wenn Chrissi nicht darin vorkäme, und so will ich auch ihre Geschichte noch erzählen.

Vor einigen Jahren, Robby, Röschen und Bienchen lebten noch in unserem Kölner Haushalt, hatten wir in Südfrankreich in Saint André (Roussillon) ein Haus inmitten eines großen mediterran bepflanzten Gartens gekauft. Der Blick auf den schneebedeckten Canigou in den Pyrenäen, die Nähe zum sechs Kilometer entfernten Mittelmeerstrand, das herrlich warme Klima, die wunderbare Vegetation mit endlosen Weinfeldern, prächtigen Palmen, üppigen Oleanderbüschen und duftendem Lavendel und nicht zuletzt die offene, liebenswürdige Art der Menschen faszinierten uns so sehr, dass wir hier später unseren Lebensabend verbringen wollten.

Auf diesem traumhaften Fleckchen Erde verbrachten wir viele Jahre unsere Ferien. Wegen unserer Katzen hatten wir extra einen Kombi mit Klimaanlage und sonstigen Annehmlichkeiten angeschafft, damit sie die elfstündige Fahrt möglichst komfortabel überstehen konnten. Nach reiflicher Überlegung beschlossen wir aber, dass die Katzen in ihrer vertrauten Umgebung doch besser aufgehoben seien, und so verbrachten sie die Zeit unserer Abwesenheit in der Obhut unserer lieben Freundin und Nachbarin Irmgard.

Chrissi

Ich muss allerdings zugeben, dass mir bei jeder Abreise fast das Herz brach, aber für Robby, Röschen und Bienchen war das die beste Lösung.

Eines Tages, es war in einem Winterurlaub, wir hielten uns bei frühlingshaft milden Temperaturen im Garten auf, erhielten wir den Besuch einer Katze. Sie war durch das Gartentor gestiegen, musterte uns etwas zögernd aus der Entfernung und kam dann schnurstracks mit freudig erhobenen Schwanz und gezierten Schrittchen auf uns zu. Kurz vor uns stoppte sie, überprüfte nochmals kurz unsere Harmlosigkeit und strich uns im nächsten Augenblick heftig um die Beine.

Sie hatte einen zierlichen Körperbau, ein für diese Gegend unerwartet gepflegtes beigefarbenes, fast weißes dickes Fell, die stämmigen Beinchen waren graugrundig mit schwarzem gestromtem Muster und der Schwanz, ebenfalls graugrundig, wirkte in seiner Musterung als hätte sie in exakt gleichen Abständen schwarze Ringe daran aufgereiht. Und sie hatte wunderschöne hellblaue Augen und einen herzzerreißenden Blick von ganz besonderer Art.

Während Wolfgang sie bei Laune hielt durchsuchte ich den Kühlschrank nach katzengeeigneten Leckerchen. Es fanden sich noch einige Würfel Hartkäse und etwas Leberwurst, die sie mit Genuss vertilgte. Der letzte Rest ihrer anfänglichen Scheu war gewichen und sie nahm nun, nachdem sie Mäulchen und Pfötchen sorgfältig gesäubert hatte, neugierig die einladend geöffnete Terrassentüre in Augenschein. Der helle von der Sonne durchflutete Raum dahinter schien ihr zu gefallen, denn sie machte sich umgehend auf, ihn genauer zu erkunden.

Nachdem sie ihre Entdeckungsreise durch das Haus beendet hatte und wir sie wieder nach draußen locken wollten, weigerte sie sich kategorisch, dieses wundervolle von angenehm katzenfreundlichen Menschen bewohnte Heim zu verlassen.Wir hatten nichts dagegen und nahmen an, dass sie sich einige Tage später an ihre Freiheit erinnern und lieber ihr Vagabundenleben wieder aufnehmen würde.

A b e r   s i e   b l i e b und wir nannten sie Chrissi, weil sie zu Weihnachten (Christmas) zu uns gekommen war.

Wie es aussah hatte sie beschlossen länger zu bleiben und so besorgten wir eine Katzentoilette, das entsprechende Streu, Futter in allen Geschmacksrichtungen, Fress- und Trinknäpfchen und Spielzeug verschiedener Art.

Chrissi richtete sich häuslich ein. Sie schlief nachts, als hätte sie es ihr Leben lang so getan, mucksmäuschenstill im Wohnzimmer auf der Couch. Morgens begrüßte sie uns freudig und verlangte nach der Begrüßung sehr energisch einen gefüllten Futternapf. Wenn das nicht umgehend passierte, dann wurde ich ziemlich heftig mit der Pfote geschubst. Chrissi war einerseits sehr selbstbewusst und konnte ziemlich autoritär ihre Forderungen durchsetzen, erreichte aber andererseits mit ihrem Charme und ihrer ergebenen Anhänglichkeit, dass man sie einfach lieb haben musste.

Wenn wir uns im Garten oder auf der Terrasse aufhielten saß sie an der geöffneten Terrassentür und war nicht dazu zu bewegen, das Haus zu verlassen, so, als ob sie befürchtete, ausgesperrt zu werden.

Weder mit verführerisch duftenden Speisen noch mit sanfter Gewalt konnten wir sie nach draußen locken und so ließen wir sie, auch wenn wir einen Tagesausflug geplant hatten, alleine im Haus.

Mittags hielt sie gerne in meinem Arm oder auf meinem Bauch ihr Mittagsschläfchen und abends lag sie entspannt auf meinem Schoß während ich fernsah oder las.

Nach einer Woche begannen wir mit der Suche nach ihrem eigentlichen Zuhause, denn für eine wild lebende Katze war Chrissi einfach zu gepflegt, zu gut genährt und zu menschenbezogen.

Umfangreiche Nachforschungen in der Nachbarschaft ergaben, dass Chrissi ursprünglich zu einem etwa dreihundert Meter von uns entfernt liegenden Haus der Familie eines Bauunternehmers gehörte. Die Frau des Hauses war erst kürzlich auf tragische Weise jung ums Leben gekommen und der Witwer hatte mit seinen zwei Söhnen das Haus verlassen, um in der Dorfmitte in der Nähe seiner Eltern zu leben.

Die Katze, die ebenfalls mit umgezogen war, lief jedoch beharrlich immer wieder in ihr altes Revier zurück und war schließlich nach mehreren vergeblichen Rückholaktionen ihrer Menschen sich selbst überlassen worden. Sie konnte sich mit der neuen Situation nicht abfinden und hatte immer wieder versucht, in ihr altes, aber jetzt unbewohntes und stets verschlossenes Heim zu gelangen. Wahrscheinlich fühlte sie sich von ihren Menschen verstoßen und wollte, nach dem sie sich uns als ihre neue Familie auserkoren hatte, unser Haus vorsichtshalber nicht mehr verlassen. So zumindest konnten wir uns ihr Verhalten erklären.

Trotzdem mussten wir sie daran gewöhnen, wenigstens ab und zu kurz nach draußen zu gehen, damit sie die Außenwelt nicht ganz vergaß. Sie saß dann unglücklich vor der Terrassentür und schaute so flehentlich zu uns herein, dass wir nicht anders konnten, als sie bald zu erlösen.

Gegen Ende unseres dreiwöchigen Urlaubs machten wir uns große Gedanken um die Zukunft unserer kleinen Freundin. Die Überlegung, sie mit nach Köln zu nehmen, hatten wir schnell als undurchführbar aufgegeben. Chrissi würde sich mit unseren Katzen nicht verstehen und als ein an Freilauf gewöhntes Tier in einer Etagenwohnung sehr unglücklich sein. Außerdem konnten wir unseren feinfühligen Katzen eine so dominierende Gefährtin nicht zumuten.

Wir fragten also alle Nachbarn in der näheren und weiteren Umgebung, ob sie unsere Chrissi zu sich nehmen könnten und fanden auf diese Weise Madame Thomé, eine alleinstehende Frau mittleren Alters, deren Haus sich in Sichtweite befand und deren Grundstück wahrscheinlich auch zu Chrissis Revier gehörte. Madame freute sich auf ihre neue Mitbewohnerin und wir waren natürlich sehr erleichtert.

Am Tag unserer Abreise mussten wir Chrissi in ihr neues Zuhause transportieren. Auf dem Arm wollte sie nur einige Schritte getragen werden und strampelte dann so heftig, dass ich sie absetzten musste und sie wieder zurück ins Haus lief. Wir hatten den Verdacht, dass sie spürte, was da mit ihr geschehen sollte. Bei einem zweiten Versuch benutzten wir einen großen Wäschekorb. Wir setzten sie blitzschnell hinein und schlossen den Deckel, ehe sie herausspringen konnte. Um diesen Umzug für Chrissi so kurz wie möglich zu machen, fuhren wir die dreihundert Meter mit dem Auto. Madame Thomé stand schon an der Türe und nahm den Korb mit dem wild kratzenden und miauenden Inhalt in Empfang. Im Wintergarten erlösten wir die unglückliche Katze aus ihrem Gefängnis. Sie war sehr überrascht und wohl auch zufrieden mit ihrer neuen Umgebung.

Wir baten Madame Thomé Chrissi die nächsten drei Wochen im Haus zu halten, damit sie sich an ihr neues Heim gewöhnen konnte. Nach der Weitergabe aller möglichen Tips und Ratschläge trennten wir uns schweren Herzens von unserer kleinen Freundin, die vom Fenster aus beobachtete, wie wir in unser Auto stiegen und noch lange hinter uns her sah.

Diese wehmütige Situation des Abschieds hatten wir nun nicht mehr nur in Köln zu bewältigen, sondern jetzt auch in Saint André.

Auf der Rückreise trösteten wir uns aber bald mit dem beruhigenden Gedanken, dass Chrissi gut versorgt war, und wir freuten uns wieder auf Robby, Röschen und Bienchen in Köln.

Im nächsten Sommerurlaub freuten wir uns schon auf das Wiedersehen mit Chrissi. Aber sie war nicht mehr da. Von Madame Thomé erfuhren wir, dass sie empört ihr Heim verlassen hatte, als eines Tages Freunde in Begleitung eines Hundes zu Besuch kamen. Sie kam nie mehr zurück.

In der Hoffnung, dass sie unsere Rückkehr bemerkt haben könnte hielten wir den ganzen Urlaub über Ausschau nach ihr, aber sie blieb verschwunden. Wahrscheinlich war sie längst unter ein Auto gekommen oder von einem Jäger erschossen worden, und wir hofften, dass ihr vermutetes Ende möglichst kurz und nicht qualvoll war.

Im darauf folgenden Weihnachtsurlaub, wir saßen morgens am Frühstückstisch, erweckte ein sehr leises klägliches Geräusch meine Aufmerksamkeit. Wie elektrisiert hielt ich den Atem an und wir vernahmen nun beide das Wimmern eines Babies oder … einer Katze!!! Chrissi???

Wir stürzten zur Tür und konnten kaum fassen, was wir da sahen. Nach einem ganzen Jahr saß sie da, als hätte sie nur mal einen kurzen Ausflug in den Garten gemacht. Aber wie sah sie aus!

Ihr Zustand war erbärmlich. Die ganze Gestalt war dürr und ausgemergelt, die Flanken eingefallen, das Fell stumpf und struppig, auf dem Rücken klaffte eine blutige, entzündete Wunde, die Anzeichen von Wurmbefall waren nicht zu übersehen, die Ohren waren innen voll von allerlei Ungeziefer und natürlich hatte sie auch Flöhe. Aber an ihren blauen Augen, an der Art ihrer Bewegungen und nicht zuletzt an ihrer Freude uns wieder gefunden zu haben erkannten wir sie sofort.

Da wir zwar in jedem Urlaub leise auf ein Wiedersehen gehofft, aber eigentlich nicht wirklich mit Chrissis Rückkehr gerechnet hatten, stand einer inneren Stimme zufolge immer eine Dose mit Katzenfutter bereit. Während ich dieses Futter nun in ein Schüsselchen füllte kam ihre wohlbekannte Ungeduld wieder zum Vorschein und sie attackierte mich mit ihren Pfoten, bis sie sich endlich über ihre Mahlzeit hermachen konnte.

Hastig verschlang sie innerhalb kürzester Zeit eine große Portion und bettelte mehrmals um Nachschlag. Sie war wohl ziemlich ausgehungert. Zufrieden und gesättigt, aber nicht ohne sich vorher penibel gereinigt zu haben, legte sie sich anschließend rücklings auf eine für sie ausgebreitete Decke und streckte alle vier Pfoten von sich. Der pralle Bauch ließ uns befürchten, dass sie sich überfressen hatte, sie schien jedoch alles bestens vertragen zu haben.

Während sie schlief überlegten wir was wir noch für sie tun konnten. Wir brauchten dringend medizinischen Rat, und so riefen wir kurz entschlossen unsere Tierärztin in Köln an, die uns über das weitere Vorgehen und die nötigen Medikamente informierte. Mit diesem Wissen besorgten wir uns beim Tierarzt in unserem Dorf, der dort eine kleine, allerdings meist geschlossene Praxis betrieb, die empfohlenen Mittel und versorgten unsere Chrissi damit in den folgenden Tagen.

Ihr Zustand besserte sich erstaunlich schnell und nach zwei Wochen sah sie aus wie eine Katze aus gutem Hause. Sie war wieder wohlgenährt, ihr Fell seidig und gepflegt, die Entzündung abgeklungen, die Ohren sauber und die Würmer ausgerottet.

Die Sorge um Chrissis Gesundheit war nun erledigt, aber dafür machte uns ihre Zukunft nach unserer demnächst bevorstehenden Abreise großen Kummer. Abgesehen davon, dass wir für sie kein neues Heim finden konnten, wäre sie mit großer Wahrscheinlichkeit sowieso wieder weg gelaufen.

Während der vergangenen zwei Wochen hatte sie sich, wie schon im letzten Jahr, geweigert, das Haus wenigstens für einen kurzen Ausflug in den Garten zu verlassen. Bei jedem Versuch, sie für die Außenwelt zu interessieren, blieb sie an der Türe wie angewurzelt stehen.

Wir machten viele Versuche, setzten sie schließlich mit sanfter Gewalt auf die Terrasse und schlossen schnell die Türe. Was danach folgte, glich einer Belagerung. Chrissi miaute, kratzte tobsüchtig an allen Eingängen, sprang sogar aus dem Stand auf die 2,00 m hohe Küchenfensterbank, um von dort ins Hausinnere zu gelangen. Sie weinte, jammerte, schrie ihren Schmerz gegen die Türen, sah verzweifelt bittend durch die Fenster- und Türscheiben und konnte unser Verhalten nicht fassen Wir saßen indessen im Haus und fühlten uns elend, niederträchtig und herzlos und beendeten zermürbt Chrissis Kampf nach einiger Zeit durch das Öffnen der Türe.

Dieses Szenario wiederholte sich in der nächsten Zeit regelmäßig, denn wir mussten, so schwer es uns auch fiel, Chrissi darauf vorbereiten, dass sie bald wieder auf sich alleine gestellt sein würde.

Sperrten wir sie tagsüber aus wurden wir zu Gefangenen im eigenen Haus, versuchten wir es nachts, war an Schlaf nicht zu denken. Schließlich setzten wir sie dann vor die Türe, wenn wir zum Einkaufen fuhren oder einen Ausflug machten, um ihr zu entkommen. Kehrten wir nach mehreren Stunden zurück, sahen wir sie schon von Weitem geduldig wartend vor der Haustüre sitzen, um uns freudig und überschwänglich zu begrüßen. Sie war noch nicht einmal nachtragend wegen all der Aufregung, die wir ihr schließlich bereitet hatten.

Unser Urlaub ging zu Ende und Chrissi war noch immer nicht bereit, freiwillig das Haus zu verlassen. Unsere Koffer hatten wir gepackt und im Auto verstaut, die Fensterläden verrammelt und zwei letzte große Schüsseln mit Futter und Wasser für unsere liebe und so anhängliche Chrissi auf die Terrasse gestellt.

Wir setzten sie in den Garten. Sie wehrte sich nicht mehr so vehement wie am Anfang, denn sie hatte die Erfahrung gemacht, dass wir immer wieder zurück kamen. Dass es dieses Mal anders sein würde konnte sie nicht wissen, und wir fühlten uns wie gemeine Verräter.

Wir stiegen in unser Auto, schlossen die Türen und fuhren die Auffahrt hinunter durch das Tor. Hier drehten wir uns noch einmal um und sahen, wie sie sich vor der Haustüre niederließ, um auf unsere Rückkehr zu warten, und dieser Anblick schnürte uns beiden die Kehle zu. Wir wussten da noch nicht, dass das der endgültige Abschied war, denn wir haben sie danach nie mehr wieder gesehen.

Nachwort

Ohne unsere samtpfotigen Familienmitglieder und unser Ferienkind ist unser Leben einsamer geworden, aber wir haben wunderbare Erinnerungen.

Jeden Tag der vielen Jahre mit den geliebten Stubentigern haben wir genossen und wir würden uns immer wieder bedenkenlos für sie entscheiden,

.... für den eingefleischten Eremiten Napoleon, der uns geduldig jeden Fehler, den wir aus Unkenntnis begingen, nachsah und der uns in viele Geheimnisse der Katzenseele einführte.

.... für den niedlichen Carlos, den wir wegen Napoleons Eifersucht nicht behalten durften, dem wir aber über diesen kleinen Umweg zu einem schönen Heim verhelfen konnten.

.... für das quirlige Mäxchen, das in der kurzen Zeit bis zu seinem Umzug in sein eigentliches Heim unsere Herzen im Sturm eroberte.

.... für den ernsten Philosophen Joschi, der so anhänglich, eifersüchtig und recht besitzergreifend war, und den wir nach der kurzen Zeit von drei Jahren viel zu früh wegen Leukose verloren haben.

…… für Penny, seine kapriziöse Schwester, die mit neun Jahren beschloss, ihr Leben zu beenden, indem sie ohne sichtbaren Grund das Fressen einstellte.

…… für den mit allen verträglichen Robby-Leev-Puschje, der in jeder Situation freundlich blieb und stets den anderen Katzen den Vortritt ließ.

…… für das anhängliche charmante Röschen-Sabberione, das nie von meiner Seite wich und das ich zugegebenermaßen ganz besonders in mein Herz geschlossen hatte.

…… für das so oft kranke, tapfere und mutige Bienchen, das uns zu immer neuen Namen inspirierte wie Fretti-Raffzahn-Untendurch-Mara Bu.

…… für die Anschluss suchende, eigensinnige und temperamentvolle Chrissi. Sie aber hatte sich als einzige aller unserer Katzen uns ausgesucht, nicht umgekehrt. Das sahen wir als großes Kompliment an.

Sie alle waren trotz oder gerade wegen ihrer unterschiedlichen Charaktere eine große Bereicherung in unserem Leben und wir denken oft liebevoll und ein bisschen wehmütig an die Zeit mit ihnen zurück.
Jede Trennung von einer unserer Katzen war schmerzlich, aber das Glück und die Freude, die sie uns geschenkt haben, ließ uns die Trauer um sie aushalten.

Dafür sagen wir … d a n k e !